ZUI
Zestful Unique Ideal

人生悲喜，字斟句酌；世界冷暖，字里行间。

最世文化
Shanghai ZUI co.,Ltd

插图／胡小西

最世文化
出品

< 3 >

ZUI
Zestful Unique Ideal

# 在成为
# 平凡的大人前

郭敬明

——

主编

湖南文艺出版社
HUNAN LITERATURE AND ART PUBLISHING HOUSE

博集天卷
CS-BOOKY

插图 胡小西

[ C O N T E N T S ]

目 录

# ZUI NOVEL ‧‧‧‧‧‧‧‧‧‧

主　编／郭敬明　　设计总监／胡小西
出 品 人／郭敬明　　设计主管／Fredie.L
　　　　　　　　　　流程主管／卡卡
执行主编／痕痕
文字总监／痕痕　　宣传企划／罗航菲

Zestful    Unique    Ideal

目录
【CONTENTS】

文字编辑 / 卡卡、张明慧
　　　　　孙宾、常怡君

图片编辑 / 胡辰阳
美术编辑 / 龙君、董璐、付诗意

版权合作或商业邀约
联系电话：021-62530237-158
联系人：张叶青、于漪
装帧设计 / ZUI Factor(zui@zuifactor.com)
官方网站 / www.zuibook.com

# 一条消失的街和它的秘密

痕痕 / TEXT

　　我的中学学校在飞虹路上，后来这条路改名为瑞虹路，当时我很讶异，路名居然也能改的。但是再后来，在那条路及周围棚户区的改建上，有些路就直接消失了。

　　我曾经穿过弄堂，像穿过一个梦境，像经过了一个夏天。弄堂里的路，有的通往我的中学，那里有很多小摊位，夏天的时候烤羊肉的摊位前，空气变成了融化的玻璃。我远远地望着，过去的夏天，仿佛总比现在炎热。

　　弄堂通向许多地方，许多地方也通往弄堂。但某一天，我骑车回到过去住家的附近，那里四周都围起了水泥墙，墙里的一切都在黑暗中颓败、消融。等待建起新的陌生建筑，过去让邮差也迷路其中的繁复路径，在时间中一笔勾销了。

　　我在心里，寻找出水泥墙内过去住家的位置，然后离开。很多年后，我都不愿再回到这里。

　　这本书的主题，起初是看了《夏日将逝》，以十五岁的青春故事为发想的，后来又结合"一条消失的街和它的秘密"来组稿。故事里的夏天不是现在的夏天，少年也不是现在的少年了。而随着曾经记忆中的空间一起消失的，一定还有秘密。有我们的孤独、倔强、沉默和种种隐秘的情绪。

　　这是一本时间之书，也是青春之书。书里的故事都发生在2000年之前，而提

到的漫画店、录像厅、公共浴室、老冰室、音像店……这些地点也已经随着时代被淘汰了。

然而在阅读这本书时，我们可以回忆起共通的情绪。如果你是年轻的读者，也能在这似乎有些不一样的青春故事里感受到独特的时间印记。并且通过阅读，我们也正在经历着，作者在书写时，寻找到什么珍贵物事的过程。

母亲牵着我的手走出弄堂，在弄堂的一个尽头，她指给我看，路口一户人家二楼的阳台上，有一匹浮雕的白马。她说，以后回家，在有白马图案的地方转弯（不是前一条路，也不是后一条路），一直走，就能走到我认识的地方，就能走到家所在的那条弄堂。

而从白马这里走出去，是一条通往南北的大路，傍晚时分，夕阳有一度会将这条路染成满地金黄。

一切的故事都有起始的地方。

在这本书终将完成时，我发现"选题"的意图已经模糊了。不需要一条街，也不需要什么秘密。

是故事本来就在那里。 Ⓣ

郭敬明 TEXT

# 夏至未至

Rush to the
Dead Summer

年年 ILLUSTRATION

夏至未至

夏至未至

有些旋律其实从来没被歌唱过，有些火把从来没被点燃过。
可是世界有了声响有了光。
于是时间变得沉重而渺小，暴风雪轻易破了薄薄的门。
那个城市从来不曾衰老，
它站在回忆里站成了学校黄昏时无人留下的寂寞与孤独。
香樟首尾相连地覆盖了城市所有的苍穹。
阴影里有迟来十年的告白。

夏至未至

# 夏日将逝

吴明益 / TEXT　　奥斯卡 / ILLUSTRATION

Theme Story

# 夏日将逝

吴明益 / TEXT

　　收到mail的时候，单看来信者，我还以为是一封广告信。Bird1986，看起来像是逃避回信而胡搞的一个address。但收信address却明明是我的，显然不是投信软件代投的，通常广告信传过来收信人会有一个所有的人共享的隐藏号码。有一种专门抓邮件地址的软件，据说只要你曾经在网上留下mail的痕迹，不论在何处，它都能把你抓住，成为投递广告信的目标。不管你多么小心留意，广告信却神秘地愈来愈多，像是不管多么干净的屋子，总会有不知何时潜进的蟑螂，在某个角落阴恻恻地打量着你。

　　**你还记得1986年的那个夏天吗？我在报上读到你的文章，后来在网上找到了你的网站，所以寄了这封信给你……**

1986，夏天。我像被突如其来从记忆里射出的阳光揍了一拳，而有些昏昏沉沉。

我租借的地方是一个U字形建筑其中的小单位，据说过去是学校的教职员宿舍。旁边是一条仅可容小客车穿过的窄马路，另一面则是长满了三层楼高相思树的斜坡，每天早上白头翁多变的喉音会伴着树林苏醒的光合作用随着风钻进被里将我搔醒。一路上我默默地叠衣服般整理着记忆，蟋蟀"吱吱吱吱"及螽斯"恰恰恰恰"求偶的翅音，从草丛里随雾气流转浮动。相思树的枝干如巨大的手掌，被风压得几乎要摸触到我的头顶，抬起头，在树面前的我简直就像个孩子。

1986，正是我初三①的那年。

我初三的那年喜爱穿着黑色紧身裤的歌手罗在一首叫作《未来的主人翁》里连唱了几十个飘来飘去。那是一群孩子为了"一辈子幸福"拼命的夏天，连沙沙沙的熊蝉都被要求安静以便不影响我们联考②的夏天，据说学校还真的特地喷了杀虫剂。那时候的我，每天特别早赶着将教室的左边玻璃擦干净（那是我负责的清洁区域），就紧张地准备早自习。

一群理着五分③头，露出青色头皮的少年，以各种古怪的姿势，盯着距离眼睛不到一尺的课本，口中喃喃着："浙赣铁路、浙赣铁路、浙赣铁路……""梁启超，号任公，别号饮冰室主人，饮冰室主人……""e-n-v-i-r-o-n-m-e-n-t,e-n-v-i-r-o-n-m-e-n-t."闷热的教室像飞满苍蝇般轰轰作响，腋下散发出夹杂了汗味和青春期荷尔蒙的甜腐味道。

我留着一张1986年的初中毕业照，相片里的我有双小猫般的圆眼，以及和现在胡须长短相埒的头发。

许多年后的我回想起那所学校。它就像一个精巧的模型被摆在时间的玻璃橱柜里，而我以无重力的状态从空中缓缓穿透那玻璃进入那里。

---

① 原文中写国中的地方，为方便阅读都替换为初中。

② 台湾公立高级中学联合招生考试。

③ 五分是台湾的尺寸，大约是1.5厘米。

那是一所庞大且阶级化的和尚学校①。学校每个年级有三十六个班，每个班五十人左右。事实上，不但阶级化，还阶级分明到不像别的学校只粗糙地划分为A段班和B段班。初三的时候，班级被细致地分成A++、A+、A、A－、B+、B、B－。每个人的座位号则是按前一学期的主科（国、英、数、理、化）总分平均来排的，这样可以预测联考后你的志愿落点。比如说你是A++班3号，那就意味着是被看好上北市A中②的家伙，因为我们学校每年考上A中的人数大约是六十人，A++有三班，一班平均可以考上二十个。

这些家伙不见得都是典型大头短脖子，制服干净并且被厚眼镜箍着太阳穴的白斩鸡，以我们班来讲，每次争夺"红榜"前几名的，就有一个发育奇佳一百八十几公分的排球高手"大戴"（我们私下叫他大呆时，有一种舔融化时流下来的冰激凌的幸福感）；一脸清秀，常被误认为隔壁尼姑初中校花，小腿修长光滑，走路屁股关节常没锁紧的"妹妹"。班上一些下巴已经冒出胡楂、小腿已经冒出毛芽的同学叫他"妹妹"时，习惯用食指在他的尖下巴轻轻托一下，说："嗨，妞！"这种无聊的挑逗其实是为了妹妹生气的回瞪，那让旁观的我们感受到饱满裤裆里发疼的灼热感。还有喜欢一边看书，一边按压握力训练器，脸孔怎么看都超龄，永远带着恶意眼神的阿强。阿强在还没太近联考时下课的娱乐是找人比腕力。我曾经和阿强比过一次，现在右臂用力一甩，韧带还酸溜溜的。

从不算宽敞的大门进去，是一尊坐在石椅上的蒋公铜像挡在门口，你必须画个弧圈才能进到长廊。那里钉满教务处和训导处的布告，最高处是张贴每回段考③、模拟考"红榜"的地方。能登上这张全校前一百名的红榜，表示北联④大致没问题。除了少数稳定占据的名字以外，其他A++、A+、A班的家伙则反复想要在每两个月一期的会战中冲杀进来。而A班以下的人如果进得了红榜，那肯定是全校

---

① 台湾许多教会办的中学，大多只收男生或女生。

② A中是最好的学校。当时北区联招只有十间左右的公立高中，分别以字母 A—J 为优劣排序。

③ 阶段性考试，比如月考。

④ 北区联招，一般包括台北、新北、基隆。

轰动的传奇。用廉价墙报纸写的前一期红榜有时会因为雨泼进来褪成不均匀的鲜红深红赭红粉红，像是市场里肉贩摊上的促销海报。走进长廊，总让人嗅到一种阴凉腥潮的气味，墙上褪色红榜的残存颜料宛如红色的云，随时要滴落红雨。

我的名字也曾经被贴到这条长廊上，那是初二获得T县作文比赛第一名和花灯比赛特优的缘故，但是贴在比红榜略低一点约三十度角的墙柱上，大家的眼睛已经习惯红榜的六十度角，因此比较少注意到。

学校建筑共有三排，两两中间各夹着约三米宽的空间，弯弯曲曲种了零散的杜鹃花，构成一条一条曲状约两米宽的赏花步道，这特别适合我们下课时玩"冲关"的游戏。"冲关"就是把参加的人分成两队，一队守关，一队冲关，冲关的那队一个一个要从这头冲到另一头，两侧则由另一队的人守关，如果被摸到或拉到，就算死掉。把守的人的脚只能跳进跑道一次，也就是说，在约两米宽的跑道上，只能单脚停留一次。冲关的人可以用任何姿势躲避防守者的攻击，但不能离开跑道。这是一种讲求身体协调性、柔软度、团队合作以及个人毅力与杀气的游戏。有的家伙在冲关时就老是被安排当"送死"的，以掩护本队较强的人抵达。一群少年骂着跑着，将手肘撞击对方柔软的腹部，或硬是拉住对方衣领而朝地上甩，在刹那间恨意会从毛孔里像汗一样喷发出来。冲关的人嘶声喊"杀！"，同队的则在背后合声示威，守关的则以"干""去死"回应，喊得树影摇动，阳光颤抖。现在回想起来，当时面对那些迎面跑来的同学（比如说阿强），心里像会真油然生起朦朦胧胧"你去死吧"的念头。

第三排则除了平行的建筑外，两侧再向后延伸出去，成为一个U字。每幢建筑都是三层楼，第一排的一楼是学校的行政部门，二楼是三年级的A++、A+，三楼则是二年级的A班；第二排一、二、三楼及第三排的三楼是还未经过分级刚剃完头的一年级；第三排一、二楼则划给二、三年级的A班、B+班。右侧延伸出去靠体育馆比较近的是二、三年级的B和B－，左侧延伸出去的是准备考高职或特殊技能学校的美术班和音乐班，另外，工艺课的工厂也在那里。由于采光不佳，那儿就像城市边缘的工业区一样，连天空都终年阴着脸。

在北台湾四月既烈又湿的阳光底下，教室粉墙上总是被蒸出一层水汽。每节下课所有的学生飞快地奔到厕所撒泡尿，把五分头放在水龙头底下冲一冲，然后拧湿手帕，快步回教室位置上准备下一节的小考。每天六点半早自习，并有八节正堂及一堂课后辅导，吃完饭后六点半开始夜自习，直到九点十分。放学回家时，整个世界已经是地面比天空还要明亮。我们习惯在校门口用晚餐的余额买一杯冬瓜茶，享受一天中最闲适的一段散步，顺便聊聊今天的考试，抱怨说："昨天一点竟然就睡着了，地理都没有背。""今天英文那个文法我都用猜的，不过我觉得猜B比较会中。""数学第二题要怎么证明？"以及"跟你赌这次期中考题是305班老师出的"之类的话题。

对面的小店门口则聚集了一群从下午混到现在，能亲眼看到太阳月亮交接天色变化的B段班学生。多半他们会斜着眼瞟着我们，然后"靠！"一声，将手足球①台里的球啪一声海K出去。A段班也流传着一些忌讳，比方说和B班的学生站得太近明天考试会沾上霉运，甚至某个学长曾因为赌气与B班学生互瞪，最后竟渐渐变笨之类的传说。校门前黑沉沉的柏油路，将所有的光吸收成不可测的深涧，把街道隔成两岸。这边的小贩卖给我们冬瓜茶、三明治和油饭，那边则卖给他们可乐、炸鸡翅和香烟，有时地上还可以看见打碎或捏扁的啤酒罐。

坦白说我有时会被那些家伙刻意拉竖起来，公鸡一样的炫耀领子吸引，因此私底下上厕所照镜子时也会趁没人在而试着把自己的领子拉起来，出厕所再压平。那些家伙在打手足球时，响亮而激动的啪咔啪咔声，配合稚嫩的喉头尖啸及鼻腔发音的嘿吼，让整条街砰砰跳动。有时打球的人会跟着扭转的手腕弹跳起来，球因劲道太强而被打跳台面，沉沉地撞到地面上，连这头的我们似乎都能感受到。

如果可以给我一个下午打手足球就好了。

收到那封信让我想起很想打手足球的那年夏天。那时我是A++班44号，每天清晨六点出门，买了炸馒头夹蛋总是提早进教室的初三学生。

---

① 手足球：指桌上足球。游戏时需脑、眼、手敏捷配合，以展现精彩的接球、停球、带球、传球、射门等进攻和防守技术。手足球以其新鲜刺激的个性，备受广大群众的欢迎。

我从报上和网络上偶尔读到你的文章。你知道吗？我常常想起以前我们坐在往顶楼的楼梯旁边，一边吃着菜包，一边发呆的情形。有时候你写到你现在的遭遇，刚开始我觉得有点陌生，但仔细咀嚼，你的气味就慢慢蔓延出来。我说的是气味，是嗅觉的气味，不是抽象的气味。你知道吗？多数的动物嗅觉都要比视觉灵敏。Wilson说蚂蚁运用味道，甚至可以告知敌人的方位、数量与距离。气味会留在墙上，透过纱窗，有时还在时间的某一处皱褶里，顽强地残留下来。曾经发生过的物事消散了，但气味还在。动物们其实最常靠嗅觉来辨明敌我，用嗅觉来判断情绪。你的文章有你的气味，我从文字里，清清楚楚地嗅到你的气味。不知道你相不相信，我可以清楚地分辨你文章里哪一个片段、一行、一句话是从我们的共同记忆里生长出来的，即使被转译成文字时发生了多大的变化。

说真的，我一直以为，你会把关于嘟嘟的事情写进来，但始终没有。是什么缘故呢？

我不晓得为什么对那些事记得那么清楚，像患了记忆力的老花眼症，许多事要经过得够远我才记得清楚。

只是他的五官总像是隐在蓝色水面底下，不时波摇着各种光影线条，我努力想让水面平静下来，就是无法做到，他的脸部轮廓浮动波光，水汽氤氲。但某种气味确实从我脑前叶的某处逐渐散发出来，由于不是外来的气味，既无法拒绝嗅到，也无法辨别方向。那是一种沉默的气味。

1985年的暑假是我二十岁以前最沮丧的夏天。午后会在低低的天空聚集不怀好意的云，在一切都被咒语封凝住的一两秒里，突然飞爆出针刺似的大雨。

那年夏天，我就要从粗糙地分为A、B班的二年级，上精致分类的三年级。

学校其实没有明说分班的标准。但我初二的死党阿咪跟我说："听说算分的方式是只算英、数、国、理、化，你其他的科怎么强都没用，偏偏我最强的是生物和健康教育，鸡歪。而且学长说，如果不混进A+班以上，北联就一点希望也没有了。妈的我死定了。"

"可是A++到底是哪几班呢？"

我记得阿咪细长的眼紧眯起来，瞳孔猫一样剩下一道细线："我有秘密消息，今年的A++是三、五、七班，A+是一、二、四、六、八班。"阿咪将书包在空中甩了两圈："啊，你不用担心啦，你至少是A+啦。"坠落下来的书包被他拖在地上，"我就死定了，妈的，我死定了。"

　　那天下午我和阿咪到学校门口的长廊看分班，许多家长都陪着孩子来看。我和阿咪挤了半天才从一个家长腋窝间看到榜单。果然擅长生物和健康教育的阿咪只被编到A班，而我竟然幸运地吊进A++的车尾。那时我和阿咪都是发育不良的一米五，退出来后，像坐在电影院里，眼前都是黑暗的人头。

　　回家时我和阿咪都必须经过一条巷道，有时我们会奋力冲刺，然后在转角处用脚猛踏上48号的水泥墙，在空中侧翻个身子，摆个自以为很酷的pose。但今天阿咪刻意地落在我后头，原本明亮的巷道变暗也变窄了，而且走都走不完。我放慢脚步，有一句没一句地跟他聊着他暑假新买的脚踏车。

　　"你老爸对你还不错，买那么好的车给你，哪天借我骑吧。"

　　阿咪用比猫更低的声音说："死了，回去不知道要怎么办，我爸等下一定从公司打电话回来问。我死定了。"

　　"不会啦，哎哟，A班就A班，有什么关系？A班也考得上联考啦，跟你说……"

　　"妈的，A班顶多考上五专啦，考上泰山你要去念噢伊噢，妈的，顶多考上泰山色拉油啦①，你自己是A++才会这样说。"他啪啪啪地跑到48号水泥墙前，用书包甩在墙上，墙发出像要倒塌下来的哀号，阿咪则转眼消失在巷口。那天莫名其妙地，早早就下起声势雄壮的雷雨来，整个天空像被压碎的玻璃缸，一片一片的尖锐的雨刀朝城市头上泼刺下来。

　　从那个夏天开始，我就听不到阿咪坐在教室窗子旁边，发出让围墙上的猫睁着好奇圆眼惊讶地向上张望的喵喵声。

---

① 泰山高中是当时最差的一所学校。因为电影里的泰山会叫"噢伊噢"，"泰山色拉油"是台湾的一种品牌色拉油。这里还原阿咪讲话的口语。

印象中我们班和我一起上A++的一共有六个人。林哲生和许彦文这两个家伙我不算熟，另外是交情比较好一点的扁头、陈明道，还有一个是跟任何人都没有交情的徐曜。这些原本在班上总是争夺段考王座的对手，到A++的座位号都不怎么样，除了徐曜是9号，因为他是我们班上有名的数理杀手。

哑巴数理杀手，或者说，沉默的数理杀手，外星人数理杀手。我和他初二开始同班，在整整一年里，没有听他说过任何一句话，一点不夸张，任何一句话。即使点名时他也只是举起手，好事的同学替他答"有！"而已。老师们因为他功课好，也就不计较了。许多同学都号称他们曾经听过他说话，但谁也不能证实，因为从来没有一句话是两个人以上听到的。徐曜总是低着头，专注地看着地板走路，他走路的姿势很特别，手垂直地摆在两旁，毫不摆动，就好像只设计了膝关节运动的发条娃娃。由于重心前倾，走起来脚跟没有完全着地，和地面保持着一点空隙。不管班上同学多吵，他走过的时候，所有的声音就被吸进第N度空间。对我们来说，虽然和他同处一个教室，却是在不同的星球上。也许他是外星人，很多同学这样开玩笑。我常想，如果他是外星人的话，他看出去的窗外，是否也是有着凤凰树、包子店，在地球太平洋上小岛的某条街道？

说起数理实力，林哲生可能要比徐曜高上一筹。但一来徐曜解题时不会像个和尚一样碎碎杂念，二来他平时除了侧着头，像听到某种声音似的望着窗外，很少将眼光放在书本上。这比那个头简直要沉没到参考书里的林哲生要高明百倍。只是也没有人崇拜徐曜，原因很简单，他是一个强得可以考上A中的人，是所有想要上A中或想象自己可以上A中的人的共同敌人。功课好的人朋友少，朋友多的人功课就不容易非常好，你必须要选择。

排座位时我并没有和任何一个熟人坐在一起，因为我是44号，被迫坐到最后一排，在A++班里，连座位都是依照每周的成绩排的，没有人管你身高矮近视深还是重听。

多年以后我还常向朋友们提起那个教英文的邓老师（同时也是我们的导师）。她长得可能像发了雀斑的克林姆面包，常常穿着及膝短裙露出一截像两条微微弯曲的丝瓜的小腿，胸部和我的喉结一样不太明显。无论从哪个角度看，邓老师都不是最能让十五岁男生安静的美女教师。但她的声音很像唱《何日君再来》的小邓，我们私底下叫她小邓老师。念英文时，她每句后头都会加一个轻轻的"嗯"，光听那念课文的声音我就觉得皮肤底下的血管加温发烫。

上A++第一堂下课时我鼓起勇气去找小邓老师，告诉她我被前面同学挡住的困境，我看黑板的时候头都要偏向一边，而且不是很清楚，我问她："可不可以换前面一点的座位？"

"嗯。看不见是很麻烦，可是规定又不能随便改，这样对其他同学不公平。对不对？座位排这样，就是希望同学能在竞争中求进步。嗯，这样好了，你回去叫你爸妈带你去检查有没有近视，配一副眼镜，或者我帮你换到49号的位置，最后一排最左边那里，有没有？这样你斜斜地就能看到黑板了，嗯？"

我拒绝了这项提议，因为这样别班的同学来找我，一定会误以为我退步到49名，这远比看不见黑板还要严重。回家后我要爸带着我去商场的"大光明"配了一副咖啡胶框的眼镜，到现在我都还留着。

每星期小邓老师会叫同学将每次小考的成绩登录，算出平均后排名让同学带回去签名，星期一按照这个名次更动座位。我曾经奋力坐过往前两排——33名的位置，那时我第一次觉得，原来在教室里回头不一定是墙壁，还有一双双像在泥水里捞出来的玻璃弹珠般，无精打采的眼睛。但多数时候，我回过头还是面对墙壁上自己布置的"文艺走廊"。

我习惯将成绩单拿给妈妈签，因为妈妈顶多是说："你大兄跟二兄拢考上C中，我一直想说汝较巧，是按怎每次拢考四五十名？[①]"然后鱼尾纹的末端开始夸张地蠕动，慢慢转成润润的红色。

老是考四五十名，其实不能算是我的错，我在初二也总是班上前十名，只是现在遇到的是一群××××而已。那个头发总是烫小卷，喜欢拿教鞭敲黑板导致黑板充满裂痕和凹槽的李老师（背地里，我们叫她卷毛女巫）常对我们说："你

---

① 你大哥和二哥都考上 C 中，我一直说你比较聪明，但为什么每次都考四五十名？

们要争气啊，要争气啊！这个教室去年坐出二十七个A中，全班只有一个笨蛋没有考上北联，你们不要污辱了这些椅子啊！"

我很想安慰妈妈，我应该不会是连北联都考不上的那个笨蛋。而且我坐的椅子一直很后面，除非有人偷换过，否则也不至于污辱到A中屁股坐过的椅子。我坐的那个桌子，就是一个去年只考上G中的家伙，他还在桌上留字说："少壮不努力，联考徒伤悲。G中阿福留。"

比较起来我很不喜欢拿给爸爸签名。爸总是用大约一秒钟的时间看着我，然后花三十秒的时间工工整整把他的名字签上去。那一秒他的眼神，会像一朵跟在头上的乌云，要让我感觉天空暗淡好几天，甚至延续到下个签名的日子。我一直很希望他像妈一样骂我一顿，但他总是用沉默和叹气来对付我。

A++的老师们，是我一辈子也忘不了的，他们尽职、强悍，而且整天想着把像我这样的人从F中打上A、B、C中，或者将什么中都考不上的人打出个什么中来念念。

卷毛女巫算是实践这种信念的佼佼者。她定下数学课段考的标准是八十分，差一分打一下，小考则是五分一下。但她说："为了保养我的手腕，每个人最多打二十下，超过的记下来，以后有空再打。"坦白说，我至少记了三百一十二下，到现在还没还，算是赚到了。

初中前两年让我们某部分心理机能被训练得蛮坚强，到A++时，就开始以看老师处罚为乐。因为老师处罚同学时，一方面可以争取一点时间看下一节的小考，一方面看自己假想的对手比自己被K得更惨，并不是件怎么悲伤的事。尤其看那些一学期只被打一两次的A中预备生上台，简直让我打从心底感动，老师们可是一视同仁，用同一条教鞭揍我们啊。

我们通常一面背书一面谈笑，嘴角要轮到自己上台时才会渐渐垂下来，开始在手上抹绿油精。

我必须承认，这些A中预备生里最值得被称为硬汉的就是外星人徐曜。他不像大呆会把手心往下曲起，故意像捧水一样地减少打击面积；也不像老是炫肌肉的阿强，嘴角还会露出牙齿来，发出瓦斯漏气般的咝咝怪声；更不像妹妹，当他眉毛紧蹙装一副可怜相时，总会让老师们不由得减力七分。徐曜就是被打，也是直直地伸长手臂，就像那双伸出的手是别人的一样。他的眼睛看着窗外的某一点，头微微倾斜，像是在仔细听从某个地方（外星球？）传来的声音。你看着他，完全没有办法读出任何痛苦、懊恼、愉快或悲伤。

徐曜的数理化几乎没被处罚过，但历史和地理则常被K。尤其是戴着超厚胶框眼镜的历史徐老师，每次打他时都非常激动，那激动里似乎还带着一丝丝的羞愤。"这个9号，功课这么好，偏偏就不读历史，偏偏就不读历史，不读历史是数典忘祖，忘祖就是忘记你的祖先父母，谁都不能原谅的。"他的"读"字是短促的尾音作收，很是特别，像敲木鱼一样，"你们不读历史，以为历史在联考占的分数很少吗？告诉你们，历史就是决胜负的关键，是你们一辈子幸福的关键！"

徐曜是靠很强的数理化和普通强的英文拿到9号的，开学之后，周平均算的却是国英数理化地历健生公①，四长难补五短，尤其历史地理是非常短，于是他的座位便迅速后退，在我前进到33名的时候，已经可以每节课看到他可能是被吸血鬼搞得失血过多而白惨惨的脖子了。

那是1985年年底，最后一学期理五分头的时候。我记得为了让他说话我常故意敲敲他的肩膀借橡皮擦，他则头也不回地把橡皮擦递给我。


对我来说，那可是意义重大，虽然不知道是好是坏。开始讲话的时候，就好像突然之间，从一个密封的箱子里被带出来一样，起先有点刺眼，但终究会慢慢习惯这个世界。或者说，我终究会借由语言这样的东西，和世界的一切变得相同。

自己非常清楚，我已经丧失了在沉默里，所培养出来的像蝉的若虫在地底下辨识出每个夏天差异的能力。每个夏天并不相同，某个夏天离开后，所有燠热、汗臭、蝉鸣和雨水的形状也都将随之而逝。

告诉你也许你不相信，我还留着"307画报"的原稿，原稿哦，附加的图档就是了。你看了不知道有何感想？

---

① 健：健康教育。生：生物。公：公民。

　　我停在一株柚子树前，一只正在吸食树干汁液的扁锹形虫的雌虫吸引了我。它的前头围绕着几只竹缘椿象和两只青铜金龟，算是一场夜宴吧。这周不知道为什么，青铜金龟的数量特别多，我在校园里捡过不少尚未腐臭的新鲜尸体。旁边路灯下更多，有时它的鞘翅撞上灯罩，会发出哐哐哐的金属声。这些卤素灯泡让它们失去以星空辨别方位的能力，只能瞎撞。我想起小时候常将这种金龟的后腿绑上线，任它们朝着光的方向吱吱旋飞。有的因为不断以手为轴心做圆周飞行，渐渐被绳子往圆心里拉。有的飞行能力比较强的，就会在不知不觉中留下后腿，带着失去腿的身躯往日光灯上撞去，然后又坠到地上。

　　灯光反而制造了黑暗的深邃。我走在没有灯光的地方，看着记忆像投射在眼前的透明幻灯片，立体、清晰地在面前演出。只是如同悬浮在空中的微粒，缺乏手触肤沾的真实感。我想着"蝉感觉夏天的能力"是什么东西，我曾经拥有那样的能力吗？

　　mail附加档案的图档被打开，坐在电脑前，我的呼吸徐徐减缓。那些少年时代画的图画，可以看出当时还未能随心所欲地控制手的每一条筋脉，以致有些线条都会突然冲动地偏离合理的轨道，有时候轻重掌握也不合宜，像是铅笔突然在线条的终点断裂，线条不知道飞到哪里去了一样。


　　**因为要飞，鸟的骨头就慢慢演化变成中空的，所以它们的体重很轻很轻哦。羽毛啊有很多层，有的鸟飞得很高，在野外晚上气温也会降低很多，所以说为了御寒，它们有保暖的绒羽，热空气就会被保留在羽毛的空隙中间。而且为了飞行，心脏一分钟要跳一千多下，比小学时全省跳绳冠军的速度还快上两倍。**


　　随着每周周考座位的变动日趋稳定，同学们开始以离黑板的距离分几个圈子逐渐熟悉。下课除了尿尿洗脸以外，我开始对同学们扯东扯西。其中他们特别有兴趣的除了我熟记又能添油加醋的倪式科幻以外，就是鸟。

　　我和鸟的因缘必须再将1986减掉10左右。我常坐在家门口数着电线上的麻雀，并且非常清楚属于商场第四栋的麻雀家族成员，一共有十一只。

　　那时妈常带我到附近市场买菜，我最期待，也最害怕买鸡。鸡虽然因为被豢养已久而渐渐肥胖得不成鸟形，但它们侧着脸抖动着肉冠看人的表情仍然带着敏感而有逃亡冲动的神色。但因为身处笼子里，既没地方跑也充分了解自己飞不起来，于是便会突然地啄向其他的鸡，造成一阵骚动，被啄的鸡又忍不住啄了相邻的鸡。但无论互啄多么激烈，总有一些鸡把身子伏得低低的，靠在笼边，眼睛不知道是望着你还是穿透你落到某个遥远的地方。

　　当妈告诉鸡贩想要哪只鸡，他都会利落而准确地将鸡拖出笼外，在脚上绑上号码牌，两翅反折后迅速在鸡脖上划一刀，再将头硬拗入翅间，喔一声扔到用热水脱毛的桶子里去。我常帮妈拿着号码牌，心里想着待在桶子里脖子开了个嘴巴要死未死的鸡心里在想什么？

　　另外还有一个我可以近看鸟的地方，有一个赤脚鸟贩会不定时地带着几笼拥挤得不得了的鸟到市场口。通常有斑鸠、黑嘴撇仔（斑文鸟）和文鸟。

　　我妈那时常说："死囝仔，我带汝来是叫汝倒提菜，啥么蹲伫土脚看鸟仔？卜看鸟仔不晓去便所脱裤看家自的喔。①"

　　"买一只啦，买一只啦。拜托啦，一只啦，一只就好啦。"

　　"卜饲伫汝的裤底喔，厝内五六只囝仔就强卜困无位，想卜饲鸟仔。②"

　　"一只啦。"我拉扯妈的裙角。

　　任谁都知道，世上没有一种处罚遏止得住那年纪的孩子的吵闹，大人除了屈服别无他法。妈买了一只十块钱的黑嘴撇仔给我。回去后我将它养在老鼠笼里，一小时后，为了让它和麻雀们认识认识，我竟在商场的骑楼前打开了老鼠笼。或许从小被关在笼子里，它似乎不甚懂得飞行，在距离地上不到十公分的高度做了几次跳跃之后，才艰难地飞到遮雨棚上。八珍和蚊仔都来围观，大叫："飞啰飞啰！"

---

① 死小孩，我带你来是叫你帮忙提菜，竟然给我蹲在地上看小鸟？要看小鸟不会回去脱裤子看自己的哦。

② 是要养在你的裤子里啊，家里五六个小孩都快要睡不下了，还想养小鸟。

妈气愤地甩了我一巴掌，说："十块还来，丢咧水沟仔搁①会波一声。"

我非但没有还妈十块，日后还继续从妈那里骗到更多的十块，养了各式各样的鸟。到初三时，家里顶楼维持着七八个不同尺寸的笼子，在升上A++的暑假，我第一次用十姐妹代育胡锦幼雏成功。

现在想想我在A++最美好的时光，就是偶尔向隔壁同学吹嘘解说鸟各种习性的下课十分钟。这些知识都是我看书或巴着老板问，然后用妈的钱反复实践的结果。

要想让比较神经质的锦花或胡锦生，而且让小鸟可以长到手喂的地步，最好养十姐妹来替它孵蛋。十姐妹知道吧，乱会生的所以才叫十姐妹，但是要刚好和胡锦差不多时间生才有用。为什么呢？如果说胡锦和十姐妹同时生，它们每天生一颗，就每天用汤匙把蛋拿出来，放塑料假蛋进去给十姐妹孵。等十姐妹生完了，再换胡锦的真蛋给十姐妹孵，十姐妹的蛋只好牺牲了。为什么要每天把蛋拿出来呢？这是怕老大先孵出来，抢了其他后孵出来比较小的小鸟的食物，要让每只小鸟在一两天内同时孵出来，才能让每只小鸟都长大，最好是一样大……两个礼拜以后，就可以抓出来手喂，以后就会听话。胡锦的小鸟嘴巴有两颗会荧光发亮的珠珠……

"蛋多大？"

"这样，"我伸出左手，"跟拇指指甲差不多。"

家里开了一家冰店，专门卖花生汤、粉圆绿豆、布丁牛奶冰，因此被养得特别肥胖而长满青春痘的"圆仔"，是我忠实的听众之一，他家也养了一对文鸟，但三年来连蟑螂也没生过一只，我猜一定是鸟店抓错公母了。

圆仔常以半威胁半乞求的口气说："哪一天去你家看鸟嘛。"当我找借口拒绝的时候，他就补上一句："什么会吃你口水的文鸟，唬烂。"停了一下说，"要不然带来啊，带来啊，把那只会剥瓜子的带来呀，唬烂。"

---

① 搁：还。

"下一次。"我信誓旦旦地说，"下一次，我会把鸟带来大便在你的嘴巴里。"

其实我不是不想带，而是在评估风险。如果带同学夜自习以后到家里看鸟玩鸟，我可能会在毫无心理准备下，发生被爸甩一巴掌那种不太体面的事。但如果我把鸟偷偷带到学校，万一给任何一个老师知道了，也绝不可能轻易了事，遑论表演什么吃口水绝技。

就在每天极为接近又有一点不一样的日子里，1985年被磨耗得剩下几天，没有任何激情地过去了。

三十岁未婚的小邓每天陪着精力旺盛，老趴着头而导致脑部血液过分活跃的我们夜读到九点半，终于不可避免地病倒。小邓请了三天假，这三天假意味着下课时间没有人会坐在导师椅上，夜自习没有人会在前头边沙沙沙改着考卷，边用眼睛瞟着讲话的同学。代表同学去探病的妹妹和大呆，花了班费两百块买了一束让妹妹都舍不得送的红玫瑰，回来时带了一张小邓老师的手书。内容我当然忘了，大概就是说一些老师和你们精神长在，要用剩下的半年多换取你们一辈子的幸福之类的话。不过我倒是非常清楚地记得，妹妹最后用演讲比赛的那种哭腔说："加油！加油！不要懈怠。"

念完后他睫毛上竟沾了几滴细碎的晶亮泪珠，几个同学也似真似假地蹙起了眉头，低头不语。

小邓请假的隔天我将养了两年多的白文鸟嘟嘟，装在戳了洞的纸盒里带到学校。

圆仔、扁头，以及坐在我位置旁边的十几个同学都围拢来。当嘟嘟从纸盒里探出头，所有的人都忘了呼吸。它的白羽冰冻了周遭的温度，将一群青春好奇的灵魂往深处拉引，当它侧着头以同样的好奇打量着这群少年时，虹膜上流动着葡萄酒色的光彩，像无重力的宇宙，四处闪动着星芒光晕。每个少年的眼睛，都在它瞳孔的表面晶亮地回旋着。嘟嘟时而带着音乐性的节奏闪动剪刀似的翅尖，时而以喙啄桌，发出笃笃的探测声。它的每个动作，都让第一次在笼外看见鸟的同学深感紧张。

"真的会听你的话吗？叫它吃你的口水啊，表演一下嘛。"圆仔说。

"等一下它拉大便，我就叫它拉在你嘴巴里。叫这么可爱的小鸟吃口水，你有没有良心啊。"

受到大家眼神制裁的圆仔，声音整个畏缩："是你自己说的……"我的心里觉得骄傲而舒畅。

嘟嘟好奇地在木制书桌上跳，有时抓抓铅笔，把它想象成树枝。我轻曝着唇发出平时喂食的哨音，它便嗒嗒嗒地从桌子的一头跳过来，啄食我手上的小米。除了用书本挡住自己脸的阿强，所有的同学几乎以嘟嘟为圆心都聚拢了来。

"会飞吗？"所有围观的同学彼此都感觉对方震了一下，那声音似乎从窗外蛇绕进来，随即很快地又从每个窗口遁游出去，每个人都像是听到了，却也不敢确信自己是不是真的听到，那声音如此不顺当，像是一个不熟练的小学徒操作着精密机器。我们转过头去。

苍白的徐曜，隐身在从冬季将近七点才苏醒的晨光里，只剩下那对黑到像是里头除了黑色什么都没有的眼睛。他说："会飞吗？"

307画报搞了一期就被"查获"，真是可惜。其实，我从小学开始，就一直想当漫画家。307上面我画的四格漫画，现在看起来，实在粗糙得好笑。你留着你画的鸟的底稿吗？我觉得画得蛮好。那幅画嘟嘟的，那个眼神，简直就像嘟嘟正想要起飞一样……

你记得你问过我为什么都不讲话吗？坦白说我也搞不清楚。我不记得自己几岁开始具有语言能力却说不出话来，只觉得每回想回答别人的话时，就仿佛听到一个声音说：等等，你先听我说。

通常我没有听到任何的话，而是像音乐一样（如果你要问是什么样的音乐，我就没办法说清楚了。可以说各种乐风都有，只是那音乐并不搭词），就好像另一个时空里，使用另一种语言的虫鸟在鸣叫、另一种形式的雷雨打进溪流、另一种物质组成的海从遥远的地方扑上岩岸……

有时候我以为自己回答了（或以为自己叫了爸爸、妈妈），结果你应该最清楚，我讲出的那些话不知道被吸到什么样的奇怪葫芦里，被什么人收起来，一句

也没有传到你们的耳朵里。

在接受心理以及投药治疗都没有效果之后，我母亲也曾经求助各种宗教。她跟我说过，有一个密宗的师父说，我是西藏一个修行禁语戒的喇嘛转世的。那喇嘛把自己"卡"在一个比身体大不了多少的洞穴里修行，誓愿不发一语。那修行维持到今世。

我记得听完妈说的话之后，我竟能"立即反应"地笑了出来，害她高兴了好一阵子。

我忘了我怎么回答，可能是根本没有回答吧。我只记得当时整间教室陷到沉默里，不多久上课钟响同学们就各自回到座位上了。我猜，可能是大家根本没和他说过话，他一说话，反而大家都失去了用语言响应的能力。

搞不好徐曜真是什么修行的喇嘛转世。只是，他跟我说了话，这个跨时空的修行恐怕是失败了。

我记得有一次黑胶框历史徐老师故意点他名回答"《马关条约》是几年订定的"，头发已经叛离大半的徐老师用下巴对着徐曜："9号，起来回答。"

徐曜沉默地站起来。

"几年啊？"沉默。走路像鸭子一样的徐老师，往前摇摆了几步，"说啊，我好像没有看到你的嘴巴动哦。"沉默。再往前走了几步，他的影子已经笼罩住徐曜了。

"回答几年啊！"沉默。"发出声音啊！就算不会也说不会啊！"沉默。徐老师几乎是声嘶力竭地喊，教鞭嗒嗒嗒地敲打着徐曜的书桌。

其实徐曜就像是活在真空管里，不受任何音波干扰的家伙，因为皮肤苍白，唇特别显得鲜红。那红润润有点女性化的唇像蚌一般固执地紧闭着。

"你就给我站着，不要坐下。你看不起我历史老师，没关系，没关系。"沉默。

坦白说徐曜是每科老师都不屑的，不晓得历史老师为什么要把徐曜不说话的罪过，全部揽在自己身上？

我记得那时徐曜对嘟嘟显示出极度的好奇与关心，他在我每节课间放嘟嘟出来透透气时，都凑在人群中张望两下。那天放学时，他以特有的走路节奏追上我。

"请问，养多久了？"我一直到现在都还不敢相信他讲话是这么正常而有礼貌，我曾经想象，徐曜开口，可能是叽里咕噜，让我们的头上长满问号的宇宙语。或者，他可能是用了什么仿真地球人音波的机器来发声。

"两年多啦，从孵出来两星期，就从我哥认识的鸟店老板那里带回家养的，所以才这么乖。"我把装着嘟嘟的盒子递给他表达善意，"对了，你什么时候会讲话的？"

他没有注意到我问句的怪异，小心地将盒子举到眼前，透过气孔张望着黑黝黝的深处。嘟嘟在里头轻轻跳着，它的脚爪在薄纸板上发出窸窸窣窣的声响，徐曜的手跟着这个节奏微微地发着抖，我想起当年拿起装着雏鸟嘟嘟的纸盒回家时，就好像捧着一个心脏。

总而言之，徐曜的修行破戒了。

我们一起走过那条长巷，那条阿咪喵喵一声，就突然消失在墙边转角的长巷。

阿咪上了A班以后，没有夜自习的时间，他老爸安排他到好几个家教班轮流补习。他打过几次电话给我，每次都跟我说："我快要死了。"阿咪当然没死，每天还是要跑到各种长方形的教室里汲取联考的专业解题知识。我妈和他爸都限定讲电话的时间，讲电话时妈会站在我旁边计时：他爸是三分钟，我妈是五分钟。因此，电话都是从阿咪那边先挂的。有一次在电话里我听到阿咪他爸跟他要电话筒，阿咪突然说："不讲了，三分钟小便都不够，有什么好讲的。"那是不带任何情绪的、冷静的声音，有点像一直嚼不烂，在嘴里还不断咀嚼到完全失去味道的肉松。阿咪的声音被嘟－嘟－嘟－嘟－嘟－嘟－嘟－嘟－嘟－嘟－嘟－嘟－嘟－嘟－嘟－嘟－嘟－嘟－嘟－嘟－嘟－嘟－嘟－嘟－嘟－嘟－嘟－嘟－嘟－淹没，我一直听到妈说五分钟到了才放下话筒。

"它会飞吗？"又是老问题。

傍晚时，雨像一群银色的小鱼朝我们轻飘飘地游来，坠地时躺成一小洼一小洼发亮的水潭。我一向喜欢踩破水潭里反射出来的霓虹光芒，那些颜色会突然被惊吓走，而后又重新聚集回来。乍看以为是不可能被毁坏的某种物事，但经过反复地踩，色彩便渐渐干涸在裸出的柏油上。徐曜似乎不懂得闪避，裤管很快就被水溅湿。

**坦白说，我根本不了解为什么大家不能容忍一个不是哑巴的人不说话，或将不回答问句的人归于不礼貌，或干脆说你得了一种疾病。总而言之，规矩被定下了。在我听得懂语言的当时，我就被说话这件事搞得完全迷惑了。父亲在讲电话时我只要听语调就知道是老板还是阿嬷，他工作不如意时常用很低俗的字眼咒骂我妈，出门却对邻居非常客气，老一辈的邻居常说他像"日本绅士"。**

**我以为语言就像一条破洞处处的地下水管，搞得我们打从心底枯竭。**

从收到第一封mail以后，我开始不定时地收到mail。有些mail像是写到一半就按下"传送与接收"似的，或者像讲话时被突如其来的哈欠打断，就一片空白地忘了要怎么继续下去。其实我回了信，但奇怪的是，后来的mail未必和我回的信搭得上，有时候反而是前一封，或很久以后的隔几封，才像是"回"信。

这些mail，逐渐让那个夏天的阳光又晒到我短短的平头上似的。

多年以后回头想想，应该是从那天晚上开始，我和徐曜便开始"讲话"了。像是某种阻隔在他和我之间的透明玻璃罐被拿走，他的声音终于可以借由空气，传到我的耳朵里。又像是我们两个人一起被盖到同一个玻璃罐里，只有我被赋予了穿透玻璃进出的能力。因为他只跟我讲话，却依然不跟老师、其他的同学讲话。可能是这样吧，全世界的人就只有我懂得他的语言，而他的同类都已经绝种了。由于别的同学插话他都置之不理，所以同学好像渐渐将我和他视为来自同一星球的外星人了。

我和徐曜有时候用画画来沟通。比如说他有一次当值日生，就画了一个细细长长的家伙站在器材教室外，另一个矮矮小小的，衣服上绣着"贵"字的家伙拿着跟身高一样长的挂图正在登记。我就知道他要我帮他去借挂图，而不是陪他去借挂图。

我也喜欢画画。初一时的美术老师曾经教我们素描自己的手，我画的时候，美术老师一直像苍蝇在旁边，最后甚至蹲到和我一样的高度说："吴清贵，你喜欢画画吗？"我点点头。"想读美术班吗？"由于第一次有老师肯蹲到我可以平视她眼睛的地方跟我说话，我几乎感动得想当场答应，但想起爸妈的反应，就赶紧控制住脖子往下的力量。

美术老师弯弓似的睫毛眨了眨，说："你画的这个手张开的姿势，很生动啊，很有观察力，我觉得你很适合画画的。"我几乎要当场抱着她痛哭。

那天晚上，母亲煎蛋弄消夜给我时弄得锅铲铿铿作响，即使她不说，我也可以从那个声音里听到她拒绝了："我辛辛苦苦饲你，是卜予你去画扛棒（招牌）喔！死囡仔，不是饲鸟仔就是想卜画扛棒。①"父亲不发一语。

我的初一导师教国文留着山羊胡，他是一个早晨和黄昏会不断咳嗽的瘦弱老头，我们每年都以为他要退休了，但一直到初三，还看到他扶着墙，像静止一样停在走廊上，以几乎无法令人发觉的缓慢速度前进。他在隔天早自习时跟我说："咳咳咳……像你的功课还不错咳，应该努力咳看咳，能不能考上前三志愿咳，为咳校争光，咳咳读美术班，咳却不免咳可惜了咳咳咳。"

那天我跑去向美术老师转述了妈妈和导师的意见，她细小的眼隔着睫毛透出温暖的眼神："可惜，可惜，你不读美术班真是可惜。"我不懂为什么我读不读美术班都有老师觉得可惜。

徐曜也喜欢画漫画。他在看了嘟嘟的隔天，就把晚上回家画的漫画给我看。画里嘟嘟的眼神淘气而挑衅，是一种少女的顽皮，翅膀尖端则拟人化似的有两只手指般的羽，背在腰间，火红的嘴仿佛要啄住你的心脏，让人屏息。看到这幅画，我几乎不敢相信是出自连肢体都同样沉默、浮肿的黑色大眼里总是缺少活生生光彩的外星人手中。

---

① 我辛辛苦苦养你，不是让你去画招牌哦！死小孩，不是养鸟就是想去画招牌。

因为喜欢画画，我们将自己画的东西，贴在同一张B4纸上，拿去影印发给有兴趣看看的同学。徐曜把班上的人、事画成漫画：把数学老师发脾气的样子画成卷毛巫婆挥着扫把，把教室画成马戏团，小邓老师画成五短身材的空中女飞人，徐老师画成背着书袋的驴子。我则素描了嘟嘟和全校的梦中情人——那个有双像丝袜广告女主角美腿及直长发的纪老师。大伙那时都说，不知道哪个白痴把初三的健教课取消掉的，真想把他掐死！

我们取了一个很俗的名字，就叫307画报。十几张的307画报很快被索取一空，竟然还有同学自行拿去影印的。我跟徐曜说我认为下一期应该多一点文字，最好是匿名做一些有趣的访问，他一语不发。

不久小邓老师就把我叫到导师办公室去，但没叫徐曜。一张307画报放在她的桌上，她抬头看了我一眼，一边改考卷一边用她软滑温柔但缺乏四声的音调说："虽然上面没有写你们的名字，嗯，但是我知道是你和徐曜画的。班上除了你们两个，没有别人会画画了。所以，嗯，不要告诉我你们没有做，我要你告诉我以后不会做。"

导师办公室里没有一位老师抬头看我，他们都在拼命地改一偷懒就改不完的考卷。我的手心开始湿润起来，很快地手汗便像滴泪一样顺着指尖滴到地上。脑袋里的念头，像台风天街上的纸屑一样被刮得疯狂互相奔追，我没法子使它们任何一个停下来。

"不要学徐曜，嗯？我知道你会说话。"她说话时，瞬间又改好了一张考卷，"画画不会让你们考上好的高中，真有兴趣，到高中再去参加社团啊！嗯？"

"这次我不处罚你们，其实你们已经扰乱了班上的读书风气。记住，自己不想考，也不要妨碍到别人。你可以走了。"

我转过头，准备离开，胸口却翻涌激动起来，脚不听使唤地，将小邓办公桌旁的一张空椅子踢出咳嗽般的"咔"一声来。

"回来！"

我转过身，小邓老师那双略带褐色、瞳孔被深度隐形眼镜囚着的眼睛，盯住我的脚步。意外地，我的眼神竟也迎了上去。虽然看不到自己，我想我的眼睛，一定传达出胸口的那种热腾腾的温度吧。现在我还清楚地感到，我和小邓老师在透明的空气中撞了一下，而小邓老师很快就逃避了。她将头转回考卷上。

"你有什么不满意？"

我曾经为自己不讲话（或根本讲不出话）找一些解释。我心里想，跟这些人说话的话，以后一定会变得跟他们一样。你一直听一个人讲话，最后就会变得跟他们想的一样。我那时候想说，大人一直跟你讲话，最后的目的就是把你变成跟他们一样。

我想，大部分的人都是普通人吧？就算考上A中里的百分之九十九都还是普通吧？学校为什么不是教我们怎么做普通人？为什么老是教我们要做有用、做大事、厉害、不平凡的人呢？爸妈、老师，还有那些政治人物、偶像歌手，哪一个算得上是"不平凡"的人呢？都是一些连平凡人都做不好的平凡人。他们跟我们说行行出状元，也许没什么大错，可卖鸡排的也不是每一家都好吃，大部分卖鸡排的都只是普通的卖鸡排的。所谓A段班跟B段班，不过就是上班、当工程师、医生的平凡人，和当汽车工人、卖鸡排、做水泥匠的平凡人的差别而已。一个不晓得自己的平凡处的人，只可能成为"好像"不平凡的人，至少我是这样想的。

为什么不老老实实跟我们说，这间教室里的五十个人，以后将会是社会上五十个普通人？而且可能还是一个卖不好吃鸡排的老板、专门做逃税顾问的会计师，或者是每天混日子等退休的老师？为什么要骗我们"成就不平凡的一生"？一群平凡的人想教我们变成"不平凡"的人，想想就好笑。

到头来，念了十几年的书，我好像连怎样应付烦躁、疲倦、无聊以及好好睡个觉都没学到。

我默读着mail。

学校里的老师教我们说"人生不是只有钱而已""打你们是为你们好"，政客们说"给我一个服务人民的机会"，商人说"没赚你多少钱啦"，歌星对着丑不啦唧的歌迷说"我爱你们"。我想到这些人都是经历过初中、高中、大学、研究所，各种工作与社会历练，才像车床工人慢慢熟练操作语言这种机械的。

这么一来我对mail里谈到的好笑的修行说法倒似乎有了一点了解。只是前辈子的修行，真会延续到这辈子吗？活着原来是这么漫长，连自己都不晓得怎么延续下去却必须延续下去的事吗？

被小邓警告停止307画报那天，我和徐曜买了菜包和热奶茶，到三楼通往顶楼的楼梯间坐着吃。那个位置背对着教室，面对校门对面的大街。风吹过来的时候，有嚼完薄荷口香糖后呵气的香味，六点的天空，和六十烛光的灯泡一样，不会让你的眼睛失去作用，也不致让你看得太清楚。一种不叮人，只会在你的头发上盲目绕飞的蚊子开始出动，我的头往左偏，它们就被我甩到左边，往右偏，就整群飞到右边，仿佛我和这些数以千计的生命之间绑了无数肉眼看不见的线。

"以后不能编画报了，小邓说会妨碍同学念书。"我一边说，一边看徐曜的反应，"但是没关系，还是可以画嘛，只要不印给同学就好了。"

他认真地吃着菜包，没有喜悦、痛苦、悲伤或是愤怒、惋惜之类的情绪认真吃着菜包。

我突然想起一个搁置已久的问题："喂，为什么你不跟老师同学讲话啊？你明明会讲话的嘛。"

他沉默地嚼着菜包。

"跟家人也不说话吗？"他沉默地嚼着菜包，"哎，干吗不说话？"

"干吗说话？"我记得徐曜这样回答我。这句话超出十五岁时我的思考圆周了。过去我半秒也没有想到过这样的问题。

徐曜望着对面街道，我跟随他的眼神望去。一群不扣衬衫前两个纽扣，把领子拉直的B段班的家伙，边打闹边闯过马路，好几辆车子对着他们猛按几声喇叭，丝毫惊吓不了他们。手足球台的噼啪声传过来，替他们的脚步打着节拍。另一群正在热烈地激战着，有几个家伙竟毫不畏寒地脱得剩下白色背心。一个手臂长满肌肉的家伙正在猛力进攻，手腕用力一旋，脚一蹬，没拉拉链的蓝夹克向两边散开，身体便夸张地飞了起来。

他转过头来，那两颗黑色的深井分泌着一种奇异的溶剂，仿佛在侵蚀着我体内的什么，我的手心起了汗。

突然间，六十烛光的灯泡爆破，夜来了。钟声不偏不倚地，当当地敲在那个熄灭的时间点上。

**我渐渐觉得自己好像泡了水的法国面包，丧失了最重要的，坚硬的本质。**
**我不可能不变成平凡人，这点我很了解。**

我记得那时学校的放学时间是五点，全校从五点开始半个小时的打扫。A++的则留下来，五点半用餐，连同老师希望我们休息小睡一下，六点半开始夜自习。这一个小时，除了少数几次和我在一起吃菜包，徐曜常不见踪影。起先我以为他必定是跑到某个阴暗的角落去吃饭，或者是到学校附近的摊子吃面，但每次他回来，脸色总是像剥开的凉拌笋子，而头发也粘成一束一束，耳垂涨红，我几乎可以肯定，这一小时，他至少跑了三公里。有一回我忍不住问了他："你是跑去哪里吃饭，每次跑得满头大汗，刚吃的不就消化光了。"

他望了望我，那双眼睛突然陷成深不可测波光粼粼的黑蓝深湖。

下了课，我带你去。

我在徐曜的后面，跟着他僵硬的、几乎不弯膝盖的走路背影，觉得自己的皮肤，都快融化成汗水了。我很诧异以这样的姿势他竟然可以用这样的速度前进，这使我的小跑步变得极度可笑，而且狼狈得要命。

他的头维持着一贯的低俯，双手平置裤缝。他似乎对这个小城市极度熟稔，脑袋里装了传感器。就在我快喘不过气，想叫他停步时，他已经走进一家狭小的唱片行。

我跟了进去，一个像野狗般消瘦而腹部肿大的中年男人，打量着我，对他说："带朋友来？真稀奇。"

跟着徐曜来这家唱片行几次以后我才渐渐从老板的口中了解，这个宇宙人在跟我们一样年纪一样体积的脑袋里，塞了比教科书多了好几百倍好几千倍的声

音在里头，而且专听一些超过我们年纪有兴趣的声音。这家小唱片行的狗子老板（他真的就叫狗子！），看徐曜每次来抽出唱片，都沉默地抚摸每张唱片封套，于是便慷慨地拆开让他试听。也许是徐曜的音乐品位对了狗子的胃口，几次以后，狗子便特许他进去唱片行后头的房间，听他的收藏品。狗子有一次告诉我："这房间里的唱片，应该都被他盗录到脑袋里了吧！"

我后来陪徐曜走进过狗子的音响室。在那种连脚步声都被地毯吸收的密实无声状态里，还是感受得到几千几万声轨被包装在唱片封套里的声音，争先恐后地想要冲透出来，震摇空气。一张张的黑胶唱片，密实地构造了一面又一面的墙，我想地震的时候狗子或徐曜如果在这里头听音乐，一定会死在唱片的手上。只是这些声音对那个年纪的我来说，实在不具任何的诱惑力，我记得那时我最喜欢的是一个叫"WHAM!"，翻译成"威猛乐队"的偶像团体。徐曜最看不起的乐团之一就是威猛乐队，他说那个长得帅帅有点娘娘腔的家伙老是到街上调戏女生来制造新闻。徐曜的品位显然跟我大不相同，他抽出其中一张，将唱盘放到唱机上，唱片缓缓旋转溶解。那是一种带着夏天的湿黏懒散的声音，但里头有某种锐利的东西在，像是能够随意切割玻璃的钻石一般的声音。

"谁的唱片？"他说了一个我从来没听过的陌生名字，将唱片封套递给我。那是一个头发如火焰、眼神像灰烬的家伙。

"什么歌？嗯？"

"*Summer's Almost Gone.*"我的英文听力一向不好，所以又嗯了一声。

"夏天的一切快消逝了。"他说。

### 有空能见个面吗？

Summer's almost gone,yes almost gone,you know it's almost gone, almost...gone.

其实，夏天才正要来到。

当1986年天气逐渐炎热时，"一生的幸福"这句话，就像痱子一样，让我们每天瘙痒难耐，坐立不安。全班最悠闲的，就是除了趴着睡觉，便是戴着耳机听老板赠送的卖不出去录音带的徐曜。他的座位开始在第七、八排间摇摆，我则有时候逆水行舟到第七排，很快又退回去。觉得自己坐的是一条放在无头水沟里的纸船，进或退对我来说，其实差不了多少。（最后一定会被卡在排水道口的，我想。）

现在想想初中的时候徐曜就听Sting、The Doors、Led Zeppelin，真是不可思议。在那个所有人只懂得考卷所展开的世界，徐曜真的好像活在几万光年的外星球上，而我们则是被地心引力控制着的，体内塞满垃圾食物的地球少年。

可能是为了恐吓，小邓在黑板上开始写上距离联考日期的阿拉伯数字，每天早上她把数字擦掉，写上另一个减掉一的数字。数字愈少，教室里的空气就愈稀薄，大家上课时一面擦着汗，抬头时则奋力地抢吸着氧气。徐曜仍然不顾小邓老师的苦口婆心，持续地将白天耗费在睡眠上。

"徐曜，你再睡，就睡掉班上一个A中了，就睡掉你一生的幸福了！"

持续睡眠，持续在考卷背面涂鸦的徐曜，有一天跟我说："哪天你再把嘟嘟带来，好吗？"

不知为何，我丝毫没有犹疑。带嘟嘟来的那天，大家像是忘了追求自己的幸福一样，放下书本，为嘟嘟聚拢而来。

卷毛女巫上课前我将嘟嘟装回纸盒，嘟嘟是顶不爱叫的鸟，应该说，几乎是哑巴鸟，我只在幼雏时听它叫过，这也是使我放心带它来的缘故。卷毛女巫正逐题为我们解说全县联合模拟考的数学考题，一面做注解："基础题。像这题不会的，北联不会上了。""这题是A中题，切记切记，背也要把它的证明步骤背下来。"我通常放弃听A中题，只听那些不会北联就会落榜的基础题。扁头在我的右手边一直转笔，我在算他转几圈笔才掉到地上。左前方的徐曜正埋头摇动笔尖，我猜他一定在画什么怪东西，搞不好就是卷毛巫婆，或者是嘟嘟。妹妹很优雅地，托着腮听着；阿强则靠在椅背上，据说他的志愿卡上本来只填A中，这样一来，如果没考上A中他就要重考了，小邓老师苦心劝解他才勉强填到C中。教室的玻璃窗上，停着几只苍蝇，妈的，那是我的清洁区，拜托千万不要留下苍蝇屎在上头。

一声尖叫声把神游的我惊醒。"教室里面怎么会有鸟？"我翻了翻抽屉里嘟嘟的纸盒，嘟嘟已经不在里面。完了。

"外面飞进来的。"阿强的声音。

"哪里飞进来的？丢出去。"

"老师，是我的鸟。"我大喊，引起一些同学嘻嘻地哄笑起来。

"什么？"

"是我带来的鸟。"我因为怕嘟嘟会被卷毛女巫丢到窗外，竟莫名其妙地生发出错误的勇气。

巫婆鼓着腮帮子，鼻头狠狠地瞪着我："抓回去！"她随即转过头去，继续解一个A中题。


初三最后几个月我拒绝了所有电话，下课也不再和徐曜坐在楼梯上发呆，把画画用的2B铅笔收起来。结果竟然让我考上了T市C中。于是每天搭着公交车，从蟹脚的一端进T市的中心。我上C中，许多人都大吃一惊。我们班上一共生产了十二个A中，八个B中，以及九个C中，算一算，我竟然混进了从没坐过的前五排位置上。但以整个班来说，这个成绩却让小邓伤心不已，据说发榜的那天小邓在妹妹和大呆的陪伴下哭了。如果照卷毛女巫的讲法，我们确实羞辱了那间一年生产二十几个A中的教室座位。

C中让我收到了不少礼物，包括大姐的别克对笔、二姐的卡西欧，以及妈妈的一千元红包。爸没送我礼物，但妈说发榜那天早晨爸就骑着他二十年的铁马出去，竟然忘了骑回来，因此懊恼不已。那部铁马等于是爸的BMW，妈说他一激动，就忘东忘西，大哥考上那年他也忘了将铁马骑回来，但那时民风淳朴，竟没有被牵走。这次偷走他那架老铁马的家伙，肯定是要拿去当古董卖吧。

只是我没法子再跟爸说话，不知怎样，就是没办法跟他说任何一句话。

发榜后由妹妹联络，全班约好找了一天到学校聚一聚，顺便向307那个关了我们一年的教室告别，也许可以趁机在木桌上刻些什么。我走过长巷时，一直希望遇到阿咪或徐曜，但什么人也没有。发榜时我在报上刻意地读了好几回的榜单，没有发现阿咪的名字，回家后几回举起话筒，就是没有勇气拨出去。

我们在蒋公铜像下碰头，大家看来十分开朗，头发在不见的几周里抽长了许多，现在多半超过拇指的长度，前端开始有些下垂，像小公鸡的尾羽。过去三年，头发失去了生命一样，老是长不长，突然长长了，觉得有点滑稽。

我们站在长廊前，看着红榜上自己的名字。过去除了初一第一次月考，我的名字从来没出现在这个"U中一百"的红纸上，而现在名字用楷书端端正正地写在上头，静静地与我对看。

妹妹走过时问我："嘟嘟后来呢？"

走进教室，大家把不到一个月前的记忆拿出来聊，却像一盘打散的拼图，每个人留存的区块都不一样了。虽然曾经在这里度过一整年每天接近十五小时的时光，这时吸进来的空气、皮肤所感受到的光线、回头目测黑板的距离、用脚底所摸触到的地板颜色，以及玻璃的透明度，在已经考上高中的我的眼里，已经很自然地陌生了起来。我穿过从未坐过的位置，曾经坐过的位置，像踩在时间的关节上，每走一步，就咿呀一声，有某些面孔从座位上转回头来，凝视着我。

有些同学正坐在自己最后坐的位置上刻着"上榜宣言"，我则回到44号座位上去，椅子出人意表地是冰冰凉凉的。想刻些什么，却犹疑不决。

被阳光烤得正烫的风逃进来，把我脑中的画面加热到微微地颤抖。

扁头凑到我旁边，问："徐曜没来？"

"没。"

"嘟嘟呢？"

"飞走了。"像在桌上刻字似的，我用因使力而扭曲着的字体回答，"飞走了。"


你知道鸟的构造吗？我们通常将鸟的羽毛分成飞羽、尾羽、体羽和绒羽，飞羽和尾羽是它们飞行最重要的羽毛。尾羽是用来控制方向的，但飞羽却藏着能让鸟对抗地心引力的秘密。飞羽和飞羽之间，还有小飞羽互相用羽钩缠绕，维持羽毛的姿态。鸟的躯体，根本是为了飞行所构造出来的，超过人类想象，风鸟可以连飞几千英里，甚至可以在夜间借云上的气流飞行，简直像另一个星球的生命。

但是如果飞羽和飞羽之间的联结被破坏了，上下方气流的速度变得一样，空气会像水银一样沉重而无所不在地压在鸟的身上，于是，它们便没办法飞高。当然，短距离的飞行还是可以的，如果它奋力挥动翅膀的话……但那种挥动一定让鸟儿自己感到诧异，就像有一天早上醒来你双腿仍在却无法像昨天一样以正常的速度行走一样。

每年嘟嘟换羽的时候，我都要拿着剪刀，用颤抖的手将那只颤抖的雪白翅膀硬拉开，银冷的刀口循着羽管剪断无数彼此勾连的小羽。微细如针的小羽留在桌上，吹一口气就轻飘飘地散走了。


嘟嘟从我抽屉意外地"飞"出来的那次，巫婆可能下了课就告诉小邓，但这次小邓没有叫我到办公室，却打了电话给我爸妈。爸从T市商场搭了公交车到学校来，我从窗户看到他略微肥胖的身躯时真正地受到了惊吓。这是我小学有一次没考到满分，因此哭到手脚抽筋以来，他第二次进到我念的学校。

爸并没有看我一眼，他走在前头，我跟在后头。回家后爸把鸟全都放了。我砰砰砰地跑到顶楼，那个曾经发出许多声音的角落，寂然地哑着。组装式的鸟笼被拆成一片一片的直条栅栏，只剩一个竹编房屋形状的笼子尚称完整。我突然发现，当活生生的物事离开了之后，笼子的存在变得一点意义也没有。我到墙边，往下张望着车辆不断流动的街道，车举着火炬，光点四处窜奔，然后一一浮起，撞击到我的瞳孔，哗然晕开成为一朵朵伞状的光晕。

我好像听到一个声音说，你的语言能力死亡了。


T市是一座浮在水中的陆地，由几条同一水系的河流环抱着，使得它和周遭几个小城市的联结，都靠一些庞大的桥梁。如果从空中往下看，T市就像一只多足的螃蟹。我换了几班车才找到那家店，在公交车上我幻想着说不定会遇到任何一位初中同学，但是没有。除了徐曜，毕业以后我从不晓得任何一个同学的消息。（或者说是我从不在意这些同学的下落？）

　　但下车时倒是有一个莽撞的家伙拍了我的肩膀说：你不是那个×××吗？我摇摇头，他狐疑地说：怎么不是？你初中的时候超沉默的。我说你认错人了。

　　你记错了。


　　店是以"飞行"为主题进行装潢的，并不是收藏任何与飞行有关的东西，而是呈现出飞行的视感，因此在色彩的选择上都是蓝与白，或是透明的材质。天花板上画着天空，绝不是电影广告牌那样把蓝与白油漆随便刷成的天空，每一道云的线条流露出巧妙轻重交叠的笔力，边缘毛亮毛亮。灯光搭配得宜，赋予了它们流动的力量。虽然在理智上知道画的线条必然是固定的，但在我抬头往上望的几分钟里，却真正感到那些云活生生地沉落、飞升、疏散或旋聚，以致微微晕眩。

　　每个座位区（有单人座、两人座、四人座）的旁边都画了幅各自独立，彼此间又像有些关联的画。一座趴着睡眠脊骨嶙嶙的山、像泪滴形状的湖、连起伏的色泽与沙的颗粒都几乎可以触摸得到的沙漠，以及仿佛可以感觉到像有什么巨大生物即将跃出水平面的海。我的座位旁画的像是云或者说更像是雾、水汽的凝聚之类的迷蒙视野，里头一枚一枚清晰的雨滴正在形成，似乎即将坠落，但仍不够浑圆沉重，因此暂时被风托在空中。

　　我想象着待在一个比身体大不了多少空间里的修行者，无声地陷入冥想，那里就像几百年没有清扫的森林底层，积满了几公尺深柔软的腐败落叶。世界无声地，像幻灯片一样投影在网膜上。

　　一位绑着马尾的小姐给我一杯白开水，她一言未发，将目录递给我。我开口准备点杯薰衣草茶的时候（在饮料方面，倒是没什么特别的），她用食指放在嘴唇上，示意我别开口。她微笑的嘴角指了指桌上的一角，上头写着：本店希望提供一个暂时抛弃语言的空间，所以在店内请勿言语交谈。谢谢。

　　这真是奇怪的规定，我指了薰衣草茶给马尾小姐看了之后，她又给我一个无声的微笑。

　　店里只有两个顾客，看来像是一对情侣，他们坐在海洋的旁边，彼此的眼神也没有交会，就像错身洄游的两条鱼。

T市的喧闹被阻隔在门外了。我轻轻啜了一口茶，舌尖的苦味感觉不是从味蕾传到脑部的味觉区，而是从脑部的味觉区传到味蕾上。我正坐在一个寂静的空间里。但并非完全没有声音，就像坐在开始转红的乌臼树下，看着落叶被风拖到地上；走在山路上，不知不觉山岚逐渐围拢上来；站在一面视野极广阔的湖边，默默打着水漂似的寂静。

我回想着徐曜的沉默，当年历史老师终于没有继续找徐曜麻烦的原因就是，他接受了小邓的说法：徐曜是个"自闭儿"。当兵时我曾跟一位读医科的朋友阿伟提起徐曜。阿伟说自闭症被称为"勘纳症候群（Kanner syndrome）"，是一种脑部的成长障碍。在临床定义上，包括"和别人相处有障碍、害怕正视他人的目光、爱用手势表达需要、不爱用语言沟通、装作听不到别人说话、有过分活跃的行为表现、爱从事非一般性的游戏活动、抗拒学习的安排、对某些对象有难以解释的依附及拥有欲、面对危险的场合或事情面无惧色、爱独处、不合群、爱重复性地转动某些对象、害怕身体接触、自我伤害行为，等等"，我开玩笑地跟阿伟说："医学不是最讲究准确的吗？妈的这些症状看起来普通人多少都会有嘛。"

"是啊是啊。"阿伟说，"不过我猜徐曜不是自闭，照你的说法，他是不想说话，而自闭的人是一种根本的脑部机能障碍，不是自觉性的。而且最近科学家找到称为'HOXA1'的变种基因，据说这个基因是导致自闭的原因。"

我相信徐曜的沉默不是来自基因。

徐曜跟我一样考上C中，由于我有一段时间没去找他（他当然不可能主动找我），后来去的时候，他只是低着头木然地坐在椅子上，偶尔以非常夸张的仰角喝装在宝特瓶里的水，应也不应我一声。甚至连面对我，眼睛的焦距也不在我的身上，就好像当我是百货公司里的人形模特儿一样。难道是我身上改变了什么，使得徐曜再次抽走了我们之间的语言独木桥？

徐曜和我的名字常出现在补考名单上，我是英数，他是史地国。我渐渐忘了徐曜，并且不敢确定自己是否和他聊过那么多话。有时候我想，或许徐曜从来没跟我说过那些话也不一定。有一回我听同学聊起"那个三班的怪人"。据说那个怪人有一回当值日生，地理老师要他去借挂图，他默默地走出去，没想到竟然没有回来。班上同学去器材室、厕所、图书馆都找不到他，老师认为这人一定是逃学从垃圾场翻墙出去了。没想到降旗的时候全校都看到他趴在顶楼围墙上，歪着头，像在听天空传来的什么声音似的。教官们正在犹豫要如何处理的时候，徐曜以他特有的前倾姿势走了下来（当然是走楼梯），若无其事地回到第二排第三个位置，所有包围过来责骂他的老师的声音又被能吸走任何声音的葫芦咻咻吸走，一句话也没传到他耳朵里（或说他说的话一句也没传到那些人的耳朵里）。

虽然我觉得传闻肯定夸张（难道那天我也没参加降旗典礼吗），但"那个怪人"的脸在我脑中出现的样貌就是徐曜。我相信的原因是转述者说的"歪着头，好像在听什么"的表情。

那个"歪着头，好像在听什么"的表情就仿佛在我面前，像怕惊动什么似的沉湎在聆听里头。

像是从高楼被抛到天空里，张开翅膀，气流不断从腋下耳畔拉直头发朝上逸去，上头气压沉甸，体内的血管一根一根被夹紧，肌肤受到风的抚弄，而发烫发热，世界的声音正以风速通过耳际。也许拒绝"变成那么好笑的人"的徐曜，真的听到了一些我听不到的声音。


然而徐曜并没有来。我在极度安静的店里坐了三个小时，付了两百五十元，重新打开门回到城市。回去后我开电脑收信，但没有信。我不懂徐曜为什么没有来，事实是，我再也没有收到任何mail，任何关于1986年夏天、鸟的mail。我甚至开始怀疑，根本从来就没有任何讯息透过指尖key入计算机透过光纤电缆传到屏幕而终于带着一个三十岁的研究生回到初中时光。

就像蚌紧紧合上蚌壳，水缓缓凝成冰山，沉思者托着下巴抿着嘴，座头鲸静静地潜回海的深处，徐曜沉没到沉默里。

那年夏天我四处赶场参加研讨会，凑足毕业论文的篇数，一面搜罗材料，写着除了指导教授、口试者和我以外谁也不会读的毕业论文。一位方谋到教职的学长告诉我，最好在夏天毕业找到大学的教职，否则沦落到技术学院，以后升等可就难了。不久后在某个研讨会遇到曾经在直升口试被我反问过几个问题的Z教授，他对我那天对讲评者的批评谦虚接受的态度似乎感到很满意。他走过来拍拍我的肩膀说：你进步很多很多。

　　而夏天眼看就将要过去了呢。❶

# 小说家的微光

ZUI·作家

痕痕 / TEXT

**1.**

我问老师说，《虎爷》和《夏日将逝》要不要试试在我们的选题书上刊登？

我曾经在台北的二手书店寻找《虎爷》和《本日公休》，然而我知道找到的可能性很小，这两本书都是十五年前出版的，而且早已经绝版了。但我很好奇书里面的内容，《本日公休》从网上的讯息了解到，是写和中华商场有关的小说，那么《虎爷》呢，《虎爷》里写的会是什么呢？

某天我问老师怎么可以看到这本书，很意外的（大概是我有某种容易被人信赖的特质……），老师说，我把《虎爷》的文档传给你看吧。

《虎爷》是一本短篇集，也是其中一篇文章的题目。"虎爷"是台湾的一种民间神衹，是城隍和妈祖的坐骑，所以虽然是神，但"神格较低"，在庙宇里也被放在低低的位置。在台湾的民间信仰中，有乩童的存在，乩童"起乩"的状态是指被圣灵附身，突然间做出了怪异的举动，发出原本不属于自己的声音，似乎就是神灵以人的身体为媒介，来回答向神明求助的人的问题。这种民间信仰，会给人以安慰，如果神明说，你现在虽然过得比较辛苦，但是之后就会好命，那么人们就会获得某种努力生活下去的勇气。

《虎爷》[1]中写到，一群在空军炮兵连服兵役的年轻人，为了在春节前帮连队里赚一些外快，于是开始学习舞狮，到小村镇里去表演的故事。但就在除夕夜吃过年夜饭后，屏仔就开始不对劲了："如果不是志大提醒我，我是不会注意到屏仔特别地沉默，他静静地夹着菜，当我们敬他酒时，他便举杯一饮而尽，放下杯子时，竟然像放到地毯上一样没有发出一点撞击声。

---

[1] 《虎爷》收录于《最小说》选题书《我成为怪物那天》。

◎ 吴明益作品

《天桥上的魔术师》
短篇小说集

《复眼人》
长篇小说

《蝶道》
散文集

《迷蝶志》
散文集

"屏仔如此安静，如此安静，安静得像是声带的电源被关掉了一样。"（吴明益，《虎爷》）

故事中，因为屏仔不舒服，所以没有参与后续的舞狮，于是舞狮头的任务都压在"我"一个人身上，当"我"极度疲惫地舞完狮头，退出工厂刚想抱怨的时候，却看到了屏仔的异样：

"屏仔，不，虎爷的咆哮使我感到月光熄灭了一秒钟，他后腿抵住老榕，腰部低伏，筋脉鼓胀，耳颊涨红。喉结如鼠，滚滑在青白的脖子上，那吼声不大，刮起的风却像摇晃纸屑般摇晃着我们的影子。我的身体变重，脑袋变轻，像被放开的气球，意识发出咻咻咻咻的声音抢着离开身体。

"虎爷！我听见猴仔说，是虎爷！"（吴明益，《虎爷》）

传闻被虎爷上身，是因为虎爷饿了，要吃生鸡蛋或生鱼，吃饱了就会离开。等大家找来生鸡蛋，投给"屏仔"吃过后，他发出越来越响的饱嗝声，然后像婴儿那样虾曲着腿睡了过去。

这件事谜一般地结束。

但是文中提到一只被关在笼子里的果子狸，它在三尺见方的笼子里以不可思议的速度左右走动着，不时地冲撞笼子。但有一天，果子狸突然一动不动，当阿兵哥打开笼子查看时，那只装死的果子狸突然活了过来，就这样趁机逃走了。作者为什么加入这段内容？文中的民俗研究者说"不要全部相信，也不要不相信。很多事又像巧合，又像真的有某种力量在操纵着"。

屏仔之前口口声声说过年一定要休假的，于是经过除夕夜的这场风波，屏仔顺利地拿到了假条，那么"虎爷上身"到底是一次灵异事件，还是极相似的模仿？文章中的气氛像除夕夜燃放过爆竹后的村庄，烟雾缭绕，不可言说。

而我们可以认为，作者将民间信仰和离奇的故事相结合，是以独特的视角，给予在时代边缘逐渐落寞的信仰文化的一种关怀和温度。

《夏日将逝》是《虎爷》这本同名短篇集里的另一篇文章，讲了一群十五岁的少年为了"一辈子的幸福"（联考），而在夏天来临之前拼命努力的故事。

我常在工作中，思考应该如何继续下去。当《最小说》开始做成选题书，每一本的选题所要呈现的内容都要经过反复思考，并不是把文章整合起来那么简单。我会想选题书的意义，以及找作者以文章来诠释主题并把这些主题传递给读者的意义。我同时会想，我如何工作才能符合作者的期待，以及做出让我信任的人也能够认同的作品。

当我怀疑自己的工作，也失去继续下去的动力时，有时会打开文档开始阅读。不知不觉，当进入故事中感受到阅读的魅力时，才会发现"自己还有将好的文章传递给读者的可能"，于是工作又有了动力。

嗯，《夏日将逝》就是一篇给予过我动力的文章。


2.

吴明益是我崇拜的作家，也是文学系的老师，所以我叫他老师。

他最有代表性的作品是《复眼人》，这本书是台湾第一本和全球最大出版社兰登书屋合作的作品，美国版权则由村上春树的美国编辑签下，这本长篇小说已经被十几个国家翻译并出版。

但我比较喜欢的还是《天桥上的魔术师》，这本小说集由九篇小说组成，重现（或虚构）了当时在台北最繁华热闹的中华商场（现在已经拆除了）里的故事。曾经热闹的商场"点心世界的师傅揉面团揉到手发软，牛肉面店一天要进五十斤腱子肉，用白色塑胶伪装成象牙的摆饰品卖得极好，合成皮当成小牛皮也非常畅销，就连路边擦皮鞋的一天都要擦掉一罐鞋油，彼时啊，就算是用橡皮筋当作面条也卖得出去吧"。（吴明益，《睡眠的航线》）

老师是商人的小孩，在商场中出生和长大。一个生活在商场里的小孩的日子是什么样的呀？

"就每天都在逛街啊。"老师说。

中华商场一共有八幢，每幢商场的二楼有天桥相连，组成全长1171米的大型购物中心。在故事中，第四幢和第五幢之间的天桥上有一个卖魔术道具的魔术师，以及被魔术师的表演所吸引的，围拢在他摊位前的小孩子们。于是故事就从这些人各自的命运所展开，有的故事发生在当时，有的则发生在几十年后。而魔术师就像一个引子，无论那些人离开商场多久，离开过去的记忆多远，都仿佛在当年，站在魔术师的摊位前时，被什么魔术悄悄地改变了。

由这些人物的故事所组成的商场的生活，以及20世纪70年代有中华商场存在时的台

◎ 吴明益作品

《浮光》　　　　《家离水边那么近》　　《睡眠的航线》　　《单车失窃记》
散文集　　　　　散文集　　　　　　　长篇小说　　　　　长篇小说

北，和现在商场消逝之后的台北，故事在时间和空间中相互连系，使得这本小说集透出了迷人的魅力。

　　与我喜欢的另一位作家乙一的故事风格不同。乙一的故事情节总是十分夸张，但在夸张的情节下，他又重点去刻画人物的心理，勾起读者的共情，在阅读乙一的作品时，虽然明知道大多数故事完全没有真实性，可我却很享受那种不真实情节下的真实感。但吴明益却是一个认真的叙述者，他有一种将平凡生活直接转译成小说的能力。因此，他好像总能发现一些生活中的"痴"人，发现一些容易被忽略的情感，捡拾一些时光中遗落的物事，并通过他的文字使之发出小说语境的光芒。

　　或许正如《夏日将逝》中所提到的：

　　"你的文章有你的气味，我从文字里，清清楚楚地嗅到你的气味。不知道你相不相信，我可以清楚地分辨你文章里哪一个片段、一行、一句话是从我们的共同记忆里生长出来的，即使被转译成文字时发生了多大的变化。"

　　好像是魔术师的能力啊。

　　重读之后，我发现《天桥上的魔术师》在怀旧与温情的笔触下，还有一条死亡的暗流。故事中，有人在内心迷失、有人在城市里失踪、有的生命骤然而逝，也有终其一生都无法解开的人生困局……（是作者的内心，也有冰冷的一面吗？）合上书之后，仿佛书里的情节和故事，还在微微流动，以至于当我某天再次阅读时，又发现感受有些不一样了，过去没有注意到的事物冒出来，而它本来就存在在那里的。

　　是阅读的人，才需要用时间来找到它。

## 3.

　　阅读吴明益老师的作品，我会发现他的故事仿佛是从时间里生长出来的，因为看他早期的作品，可以找到他之后创作的脉络。

在《夏日将逝》中，埋藏了很多作者后续创作的起头和可能性。（文中提到父亲的脚踏车失窃，以及"我"和父亲的隔阂，引出了作者后续的创作《睡眠的航线》和《单车失窃记》，但那又是另外一个很长的故事了。）

"你知道吗？多数的动物嗅觉都要比视觉灵敏。Wilson说蚂蚁运用味道，甚至可以告知敌人的方位、数量与距离。气味会留在墙上，透过纱窗，有时还在时间的某一处皱褶里，顽强地残留下来。曾经发生过的物事消散了，但气味还在。动物们其实最常靠嗅觉来辨明敌我，用嗅觉来判断情绪。"（吴明益，《夏日将逝》）

这段描述，透露了作者同期创作的另一个方向——自然写作①。

在创作《夏日将逝》这篇文章时，作者在阳明山的某处租了一间十平方米左右的房间，常常写作到天亮。而他从大学毕业之后就开始迷上了野地和蝴蝶。

《迷蝶志》和《蝶道》是吴明益以观察蝴蝶，踏查野地，以其他生命的眼光去感知自然，同时文字具有思想性和美学意涵的散文集。最初阅读的时候，我并不了解自然写作的概念，也没有阅读过同类作品，所以我只是把它当成一本内容有关蝴蝶，文字非常优美的散文集来读。

后来在作者的相关论文中看到，对于自然写作他认为相较于传递科普知识，更重要的是书写一种人与自然接触时的感受。并且在前人自然书写的探索与理论的基础上，他又提出了对"自然写作"的美学要求：

"自然书写应也有脱去教诲、自省，乃至提供意见的框架之外，从而成就一种独特文学美学之可能。

"我认为，就土地美学带来的启发性而言，割裂了美学，环境伦理将成为失去血肉的骨架，我们无法想象一个不考虑保存自然美感的环境决策。而失去文学性的自然书写，将无法将这个时代的环境理念带到另一个高度，一种既能展现人类理性、知性，也能展现人类灵性、感性的高度。"（《台湾自然书写的探索》吴明益，394页）

或许正是因为我"不小心"读到了以美学的观点去诠释自然的作品，才让我在一开始，没有想当然地认为自然写作和科普写作是一种很生涩的、难读的文类。并且让没有接触过野地的我，在阅读后，也时常有一种想要走进野地的心情。

这一系列散文吸引我的另一个原因，是作者在叙述中，常常暴露出来他是一个怎样的人，他固执、古怪、充满意见，理性而又深情。他为了拍一只蝴蝶，在野地里趴伏一

---

① 自然写作（Nature writing）：广义上泛指一切以自然为对象的书写，不一定指文学作品，不论是工具书、自然科学导览书籍，或者是偏重哲学、自然史方面的书写。狭义上指文学家以自然题材为主，所写出的自然文学作品，即狭义的自然写作。——吴明益《台湾自然写作选》

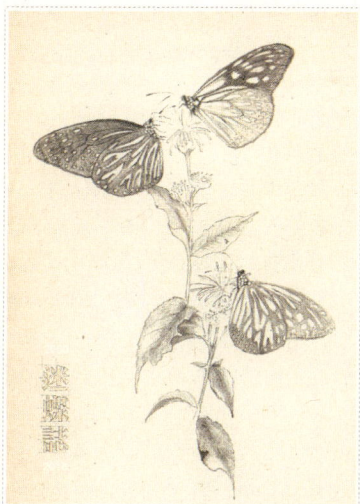
© 《迷蝶志》青斑蝶明信片（绘图：吴明益）

两个小时，在校园的草坪上寻找蝶蛹，可能成为往来同学眼中的傻瓜，他也为了记录几种蝴蝶与粪金龟的盛宴，而不断地将镜头凑近一团恶臭的粪便。

在《蝶道》的《行书》中，记录了他一个人骑单车环岛的经历。在出发的第四天为了想要看一看夜晚的南横，所以凌晨三点半就出发了，结果迷路，只好在公墓旁休息，等到五点多钟才向经过的送报人问路。在山路上骑行，上坡的路骑得非常缓慢，然后下坡的路则以每小时接近50公里的速度俯冲，他感觉自己像"灰鹡鸰"、像"滚石"、像"青斑蝶张开翅膀乘着风飞行"，然而，随即又被隧道口的黑暗与一只突然从路旁飞出的巨嘴鸦惊吓，摔了两次车。

"劳伦兹说鸦属鸟类能对猎人和'无害的'人分辨得极清楚，'一个人如果拿着一只死乌鸦被它们撞见了一次，以后就是不带枪，它们也不会把他的模样轻易忘记'。他认为这不是本能，而是一种'真正的传统'。劳伦兹为了替初生的穴鸟带上锡环，而不至被穴鸟们记住日后群起攻之，甚至特地穿上万圣节的鬼装爬上烟囱。我绝对相信劳伦兹没有夸张，去年我就曾看过一则新闻，新加坡政府为了减少日益增多的乌鸦，派出狙击手射杀。但这项任务困难重重，原因是乌鸦们似乎记住狙击手的车款（或是车号），并以一种奇妙的默契传递出去，于是所有的乌鸦都会特别注意那个想要削弱它们族群数量的家伙。"

文中作者困惑或自嘲地说：

"我不知道在天池附近的这只巨嘴鸦是否从此认得我，那个戴着墨绿色安全帽，骑着黑黄色的单车，笨拙地摔跌在昏暗山径上的家伙？"（《蝶道》2010：264）

我曾经和吴明益老师说，如果看过一个作者的所有作品，会不会对作者太了解？他说看过所有的作品不会"太"了解。当时我不以为然。

可是现在我也不能说对老师的作品有多了解。我对他的作品印象深刻的是他文章中的知识性和语言的美感，这让我觉得他的文章有一种品格。他认为，阅读的人并非都是文艺青年，读者中也有工程师、生态学家、科学家，以及从事各个领域工作的人，因为这是组成世界的一部分。因此，他对作品的要求不能仅停留在情感层面，他要了解他所描述的对象，写蝴蝶就要做到在写作的领域里最了解蝴蝶。写《单车失窃记》的故事时，除了详细考证历史，并请相关学科的专家校读作品外，还把自己逐渐培养成了一个对老式脚踏车知识精通的人。

这些说起来容易，实践起来有多难啊！

在阅读《蝶道》时，会看到文字中所透露出来的，在某一刻"只能凭意志力坚持下去"的状态。

"链条与后变速齿盘咬合的速度逐渐趋缓，我以腹痛为代价挤牙膏般压出的一点力量，传流到小腿肌，透过铝合金踏板，渐渐被妖精似的斜坡吸吮殆尽。握紧刹车想改以推行，不料疲劳的小腿肌肉已无法掌握平衡，左脚尖着地，翻下车身，竟跪倒在地上。"

我对老师说，好像从那个时候起，就一直用意志力在支撑着自己。

他说，是啊，一路都是意志力。

我着迷于《迷蝶志》和《蝶道》里的文字，那些诗化的语言，让人感觉作者的心是多么地敏感和细腻。

"大灯往海的方向射去，无数的雨线从黑暗里被点亮，然后又落到黑暗里，化为骑过去就被轮胎和车灯激得四处喷溅的银亮水洼。这里的雨带着淡淡的甜味（就像闻倒过柠檬汁的空杯），想必曾经经过天堂。雨水带着某种执拗的意志力不断下着，不像从天空落到海里，倒像是世界被翻转，海水化为雨箭落在地面上，准备重新形成海洋一样。"（《蝶道》2010：82）

有时阅读慢慢变成了一场对话，不知不觉，作者就好像在对你说：

"你知道吗？红拟豹斑蝶的食草是垂杨柳，'年年柳色，灞陵伤别'。这是一种体内布满流浪基因的蝶。"

"你阅读，我知道你在阅读，（你在阅读吗？）阅读不含热量，不会长赘肉，阅读只会蒸发水分，改变情绪的河道，或让灵魂飞行（就像烟一样）。然后我们行走，并且成长（或者说衰老了）。

"我为衰老而写，你为衰老而读。是为行书。"（《蝶道》2010：74）

### 4.

记忆中有一个画面，我下班回家把自己关进房间，那个时候大概把手机也关掉了吧？我渐渐觉得自己拙于和人相处（所以逃避相处）。打开脸书，然后在桌上摊开《迷蝶志》准备阅读。

最初看这本书的时候，我和书里的作者是一样的年纪。我常常在书里留下情绪纠结的笔记，有时候和书里的内容对话，有时候记录一些自己的回忆。而当我感到寂寞时，甚至幼稚地询问书里的作者：你现在还会感到寂寞吗，很长的一段时间过去（《迷蝶志》的初版是在2000年），你已经变成一位成熟的老师，一个被认可的作家，也参加了很多演讲，那么此刻的你还会寂寞吗？

当然，书里的那个少年没有回答，他只是安静地接纳我所书写出来的情绪，接纳我与孤独对抗的脆弱。

深夜阅读时的白色光线，让我有一种好像什么事情正在发生的错觉。小时候夜里醒来，看到上晚班的父母回家了，卧室里的光线明亮而沁凉，他们带回来一种不知是夜晚还是白昼的新鲜气息，恍恍惚惚的我，仿佛预感自己注视着父母的这个画面，会变成永恒。

而正在阅读的我，眼里所流过的光线，也会变成永恒吗，这就是我的青春吗？

随着阅读，随着翻过书页，我就渐渐地比书中的作者年长了。

某天夜里醒来，打开手机浏览老师的脸书页面，看到2013年他写的文章《深夜食堂II》，讲了从花莲开车回台北时，去朋友推荐的一家牛肉面摊吃面。朋友是大学时代一直到现在的好友。为什么推荐这家店，因为这是与他们大学时代气息相同的一家廉价牛肉面店。

"它当然不是讲究精致的牛肉面。摊旁通常堆满未洗的碗盘，吃面时苍蝇飞来飞去，收碗时老板通常随手一抹桌子，因此如果你自己用卫生纸再擦一遍，都会擦出一层牛油。对了，牛油，塔城街牛肉面的牛油、辣油、蒜头、醋、酸菜都是完全免费的，因此我们经常把所有的料乱加一通，吃到后来什么味道都不记得了，就是一种迷蒙的、带点感动的生物性饱足感。

"冬天的时候大家则坐在寒风里等面端来，有的人已经在面上来之前剥好蒜头放到嘴里嚼起来了。麻木的舌头被重口味的汤头烫到的那一瞬间，眼镜会整个起雾并且掉下泪来。那并不是牛肉面多好吃才掉的眼泪，而是知道生活原本如此而此刻可以松一口气所掉的眼泪，那样的感觉。"

是如此微小的往事。

读着这篇文章的我，在失眠的深夜，仿佛看到遥远的黑暗中有一扇透出朦胧光线的窗口，于是突然就明白了，阅读实际上就是这么一回事吧。文章什么的，是作者的热情、乐趣的投入。而读者只是分享到了那一点微光。那对作者和读者来说同样珍贵的知识、才华与灵感的光芒。

当阅读到好的文字时，我只是心怀感激地去分享。

分享着，小说家的微光。🅣

# 在成为平凡的大人前

{ 我们是不是都是**平凡的大人**？
可我记得自己有**不平凡**的青春。 }

漫画店、CD 店、公共浴室、录像厅、老冰室……这些不再时兴的地方，却曾经有着无数少年关于爱情、友情、梦想、青春的声音……

不谙世事的浪漫与热血
梦想激发对未知的试探
亲情破裂生出的微妙怨怼
困惑与清醒间自我的萌发
……
不可回头的冲动、无法后悔的抉择、难以忘却的情谊
哪怕庸碌平凡终将把你淹没
可渺如尘埃的青春
却独特而耀眼

## 致敬当时的少年
## 致敬曾经的我们
## 致值得怀念的一切

# 关于我和我住的这条街

幽草/TEXT

……于是少年说："我感觉这个世界就要结束了。"

1999年夏，某处的午夜电台。

"我感觉这个世界就要结束了。"一个少年拨通了电话说。

"我这辈子头一次考虑这件事。我是说，关于我所住的这条街道，它的居民和他们的故事，它们和我之间的联系。我头一次思考这些事，然后我觉得，这个世界可能就要结束了，就像我的十五岁迟早要过去一样。"少年说。

"当然咯。我现在只觉得每天过得特别慢，十六岁好像永远也不会来。这里的人们大概也这么想吧。理所当然地生活着，同头一天没有差别，日复一日，年复一年。然后呢？然后我想，一定会有什么来把这种生活结束掉吧。温柔的、粗暴的、平稳的、突兀的，总之是要结束的。就像我现在，念完中学了就得离开这条街去寄宿高中一样，理所当然。

"我觉得挺难过的，特舍不得，我不说，爸妈也不知道。所以我就想，只要我不表现出难过的样子，就没人知道我难过。那这条街上的居民也是一样的吧，我每天和他们打照面，却一点也不了解他们。"

"给你们讲讲这条街吧。从我家骑自行车去学校的这条大街，学校后面的那条巷子，加在一起就是我的'这条街'。我每天都在街上走。离家不远就有个公共浴室，小时候和爸妈去洗澡时，我总觉得能遇上班里那个女孩子和她的父母。

"街角有个绿色的邮筒，我一开始还以为是垃圾箱。遇上一两次邮递员取信才知道是邮筒。这玩意儿一开始对我来说是不存在的，直到我通过杂志交到了笔友。

"说到杂志，那边的报刊亭也蛮有意思的。老板认识我，每个月上新一期漫画，《哆啦A梦》啊、《龙珠》啊什么的，我每期都买。

"再过去有个音像店，旁边是录像厅，可以租碟子。对面还有个歌舞厅，我天天打门脸前经过，一次也没进去过，毕竟是大人的娱乐场所嘛。我经常去的地方，是学校后面的租书店。花三毛钱站在店里看一下午书，或者每天花五毛钱把书借回去看。一天一本书不在话下。"

"还有零食店什么的……总之，这条街就是这样啦，我的很多同学也都住在这儿附近。"少年有些骄傲地说，"这里是我的地盘，哪儿我都熟悉，这里就是我的全世界。"

"……是不是太渺小了，这个世界？"沉默片刻，少年低声问。

"所以我才觉得这个世界要结束了——是我想让它结束的。我第一次开始考虑这条街、考虑我的世界的事，可它太渺小、太普通，让我有点不耐烦了。"

"我想这就是成长吧。"少年腼腆地笑了笑，对着话筒吹了声口哨。

"有时候我觉得这条街会永远一成不变下去。等我去寄宿高中了、等我高中毕业了、等我上大学了，这里的人们和店面也还是老样子。可是，我会变吧？我眼中的风景也会发生改变，一些以前看不见的东西看见了、以前看得见的东西消失了，所以这条街的模样也会在我眼中改变。"

"到时候你如果记得，请回来告诉我。"少年说，"等长大之后，此刻的我和这条街，对你来说，又意味着什么呢？" 🖤

# 老冰室

·········· TEXT ··········

萧凯茵

*

在夏天的傍晚，没有什么比一客新地更让人痛快的了。她从冰柜擅自舀了一个云尼拿口味、一个草莓口味的雪球，舀到第三个雪球的时候妈妈从收银台背后瞪了她一眼。她淋上艳红的果子酱，又往艇形新地杯内加了一大勺果仁、投入一粒糖水樱桃，拎起一副叉子，腋下还夹着一台收音机，扶着旋转楼梯的扶手登上二楼最钟爱的位子。那张桌子正位于一台吊扇下方，又挨着二楼护栏，是店里唯一一个俯视一楼全貌的瞭望台，可以看见那只被叫作旺财的黄毛小猫，蜷坐在正对门口的其中一张客座上。她扔下书包，瞟一眼楼下没人往上来，便偷偷跷起腿，女校的灰色百褶裙又厚又长，只有跷腿可以容许一阵清风稍微驱逐闷热。

她往嘴里送入一小勺雪球，心不在焉地看着夕阳透过窗玻璃投射在墙上，烙下橘红的方块印记。等最后一口雪球在嘴里融化后，那抹斜阳改经另一格彩色玻璃，在另一处墙面挑选了一块空白的地方投下荧荧绿光。玻璃杯中余下的果子酱和融化的雪球混为一体，只要轻轻拨动，就散发出水果糖精的香气，闪耀着不同色彩的光。她感到体内温度渐渐降下来，打开收音机，听着电台在播一首*A Hard Day's Night*，身体开始蠢蠢欲动。渐渐人声鼎沸，她听见很多人涌进来，猫尖叫了一声跳下椅子，妈妈的声音也从楼下升腾起来："有客人来了，快下来帮忙！"

她冲下楼放下餐具和收音机，到收银台顺走一沓点菜纸，一边走到绿色卡座，一边将圆珠笔顶部按下弹回，又按下："吃点什么？"坐在那里的陈Sir摘下警帽，冲着不远处的收银台调侃，内容还是十年如一日："哪儿来的童工？"她蹙了蹙眉，向墙上装饰的镜子里看一眼，觉得眉目之间明明没有孩子气——她没有意识到看向镜子的时候，自己故意摆出一个妩媚的眼神。"不是童工，是黑工。老板娘不给我钱。"她一边回应一边写单，"老样子，蛋治、茶走？""供你读私校不用花钱啊？不然天天吃白食？""那我宁愿去顶旺财的岗，坐在门口招财，什么也不用干……""没出息，不想想要怎样努力日后才能当上一位受人尊敬的老师？"

　　像陈Sir这样的街坊邻里，妈妈是很欢迎的，偶尔会给他们打个折，但并非对所有的熟客都如此。那群无所事事的男男女女也是些熟悉的面孔，他们一般来得比较早，天黑之前就落座二楼她最喜欢的那个位置，把两张桌子拼起，围坐在一起。她记得他们第一次来是去年夏天最热的那天，男的大多穿着破洞牛仔裤，女的把脱下的珠片罩衫绑在腰间，上身只穿一件吊带背心，下身迷你裙，看起来都跟她年龄相仿。那些"飞仔飞女"——用妈妈的话来说，其中有个顶着抹了油的飞机头、戴着太阳眼镜的年轻人冲她招招手，她说："已经下单了，马上就来啦。""我是想问，你们的收音机有没有音乐台？"她觉得他在室内还照样戴墨镜有点可笑，盯着他镜片里反射的自己说："你下去看看咯。"他也对她感到好笑，有就有，没有就没有，但他还是跑下楼。

　　她去端饮品的时候听见收银台的对话："老板娘，可不可以换音乐台听一下啊？""我们这些破烂收音机收不到这些台。""那借电话给我回个call机总可以吧？""用一次三毫。""不是吧？三毫都能买一杯红豆冰了，士多（store）都没那么贵。""要便宜就到士多去打咯，隔壁街就有一家。""我急用嘛，再说，过去打完回来雪球都融了……一毫好不好？""打一分钟三毫，超过一分钟再加三毫。你打还是不打？"趁他们交谈之际，她到收银台交单，顺手拨动收音机旋钮，熟练地调频，在吱吱的电流声之后不久，音箱开始逸出音乐。他向她投去一笑，径自拨去寻呼台，查了自己收到的信息，又留了几句暧昧的肉麻话，惹得妈妈板起脸。

　　她踩着音乐的节拍，托着餐盘送上楼，听见二楼铃声此起彼伏。他们都把寻呼机从腰间掏出来在桌上摆成一排，寻呼机因为振动纷纷往前跑，有一两部甚至冲出桌面掉落在地。他大步流星赶上来一看，指着其中一个捶胸顿足的男人大呼："哈哈，这次你请客，跑不掉了！"她放下冰饮，盯着桌上桌下那一部部寻呼机，想起他刚刚留的话，耳根微微发红。

今晚她又看了一眼墙上的钟，分针已经跑了三圈，然而他们还是没来。妈妈把铁帘放下来，回到收银台做日结："怎么不见你的同学来吃冰？你有空多请他们来啊……"她一边打扫一边想，人家出入的都是那种真皮座位、连横梁都有浮雕的高级西餐厅，谁会来这种地方。

*

入秋后就算是中午空气也已经起了凉意，来冰室的人开始比往常少了。妈妈感冒，要去药房开一剂药，留她一人守店。午间炊烟四起，附近弥漫着热饭菜的香气，伙计也到后巷开饭了。她给旺财倒了满满一盆菜，又拧开水吧的龙头，给自己灌了一大杯苏打水。见店里没有客人，便坐在收银台的高凳子上，放下苏打水，架空了双腿，从书包翻出还没写完的作业随手丢在一边，轻轻抬起台面的玻璃，在底下的单据中取出那张月份牌仔细端详。

她认得上面的女孩，在旁边理发店的门外也贴着一张同样的肖像，烫着时兴的波浪鬈发。那女孩是上届选美比赛的冠军，据说是在舞厅被人发掘的，现在已经频频现身在荧幕和传单上。她浏览了肖像周围的一圈广告——那种奇效减肥丸，不知那女孩自己是否也吃过？

边咬指甲边想得入神的她，被突如其来的动静吓了一跳，忙不迭把月份牌对折塞进口袋。只见那个飞机头的年轻人一瘸一瘸，匆匆忙忙闯进来，钻进收银台旁边的卡座里，其间撞翻了旺财的饭盆，不过它只是不满地喵了一声，便接着舔食翻倒的食物。她习惯性抄起点菜纸走过去，准备数落他冒失，又想问他为什么好久没来，却发现他披着皮衣蜷坐在卡座，大口地喘着气。她第一次看见他摘下墨镜挂在胸前的衣领上。他笑着——那双眼里闪着星星光芒——摸出一张五毫，小声地跟她说："老样子，要一杯红豆冰……不过，等那些人走了再上……"

她进水吧开始动手，刨了两下冰块觉得不对劲，想起他凌乱的头发、胸前带着裂痕的墨镜，以及牛仔裤破洞处隐约露出的淤青，突然扔下小半杯碎冰，出去一看发现他在用餐巾擦拭伤口。她一把抢过餐巾："你这个样子还吃什么冰？"他还来不及解释，听见逼近的脚步声，竟抱着头一屁股坐在桌子底下。她闻声跑到店门口，正好撞上那两个披发追来的飞仔。他们一见她手上没来得及放下的带血餐巾，又望见店内狼藉，暗暗有了十足的把握，嚷嚷着要进店里找人。她伸手想阻拦，却被推倒在地。"你们在干吗？"又传来一串急切的皮鞋声，是正在巡逻的陈Sir。他远远就看见冰室门口有人推推搡搡，越走近越觉得不妥，她似乎还受了伤——好家伙，有人在他的地盘上搞事？两个飞仔看见警察自知理亏，拔腿就跑，陈Sir见状更觉这两人有鬼，摸着腰间的警棍就追了上去。

她暂且松一口气，也爬进卡座坐在桌下。他还坐在那儿，只是点起一支烟，长吐一口白雾："呼，差点喘不过气来。""你是怎么回事？被人寻仇？""跟他们抢码头那个地盘，打不过啊，就分头跑路了。""空地那么多，非得抢那个？""那里够大，最适合搞乐队。""搞什么？""你来看吗？""不是说没抢到地盘？""别担心，很快又是我们的了……能借我一点钱吗？有钱就容易摆平了。"她皱皱眉："我哪有钱……妈妈就更别说了，如果知道我借给你们，要把我扫出家门的……""你不想听披头士吗？"她一声不吭，聆听了一阵空气中的沉默，还是打开钱箱，取走了几张钞票："只能给你这么多了……你最好先去看医生。""那，你怎么跟你妈交代？"她把钱递过去："我就说，我的同学来吃冰了。"

伙计们陆续吃完饭回来，年轻人见状便收起钞票起身，细声说："我该走了。""哎，那红豆冰呢？"放在水吧的那小半杯刨冰已经化为水。"下次吧。"她见他走起路来重心还是在一只脚上，便从冰柜里拿了一小袋冰块追上去给他："你就拿着吧，我们这里有的是冰……反正你会再来的，不是吗？"他歪着嘴笑，单手戴上墨镜。从开裂的镜片里，她找不见自己了。

"最近的治安真不好，幸好没有丢钱。"对于这件事，妈妈如此评价——带着浓重的感冒鼻音，一边清点钱箱里的现金，一边说，"你的同学没事吧？没吓到他们吧？""没，那些飞仔来的时候她们已经走了。""那两个衰仔真会编故事，借口说追一个飞机头追到冰室来搞事，如果再让我见到他们，哼哼……"陈Sir呷一口奶茶（作为回报，当然是免费的），一边享受那股浓烈的茶香，一边咬牙切齿。"旺财见到恶人就不知躲哪里去了。""真是没胆。"妈妈向她招手："把手拿来给我看看。""不用啦，只是被玻璃剐了一下。"妈妈低头敲了敲桌面的玻璃："哎？我压在玻璃底下的月份牌呢？"

每一次听见有人点红豆冰，她都会留心去看是不是那个飞机头。口袋里的月份牌，许多次她都打开看过又折好。她也想过，假如自己离开了家，不管是去参加选美，还是去拍电影，万一他再来冰室，就吃不到她的红豆冰了，妈妈一个人腿脚不便，也没办法上二楼招呼客人，而新招的服务员，会不会也偷吃雪球呢？

\*

冰室提前做好了过冬的准备，比其他店铺都要早。因为门庭冷落，妈妈终于决定在这个冬天来临之前缩减铺面，节省开销。把冰室的二楼出让给大厦二楼的一家照相铺，令她暂时失去了最钟爱的座位。不过她相信这只是权宜之计，等到明年夏天妈妈就会把二楼租回来。她以为，等夏天来了，人们又会需要冰室了，需要那几十种组合、变化无穷的新地，需要那些廉价又可口的冰饮，需要那个花三毫就能入场的花花世界。

"好像陈Sir很久没来了。""是啊，他也快退休了……天气一变就很少见到他来了，估计风湿又发作了吧。"为了吸引客人，店门大开，寒风灌进来，连披着一身长毛的旺财都躲在冰柜背后，紧紧贴着外壁，不愿离开。这当中有种荒唐的矛盾：冰柜向四周散发着温暖，竟是为了保持内在四季如冬。妈妈让她到外面待着："别占着座位，你又干不了活。""我手伤明明已经好了。"也有那么一瞬间，她想起了他。曾经在夏天无意中听到的寻呼机号码突然闯入她的脑海，还保留着当天新鲜的记忆。她瞄了一眼正在拨弄算盘的妈妈，然后从收银台拾起话筒，已经决定，万一打通了，她就给他留言，提醒他再来吃冰。"很抱歉，这个号码已经停用了……"寻呼台小姐机械般地应道。妈妈抬眼看了一下默默挂上话筒的她："快走吧，别让冰室里面的伙计一个个比客人还多……"她听出语气中的柔软，又突然想起了什么。与其守在店里等待，不如，去那里看看吧？

她迈出门，朝海边快步走去，隐隐约约听见熟悉的旋律，几乎小跑起来。码头果真有一群飞仔飞女抱着乐器演奏、唱歌，她站定，大口喘气，不敢再往前走了。远远地，她看见有个理着飞机头的年轻人低头专心弹拨吉他。此刻风中飘起毛毛雨，但他们都没有走，她也没走。

歌曲渐入尾声，雨还没有停。完全沉静下来的一刻，他抬起头来，跟她四目相对。她感觉像是喝下一大口满满是气的苏打水，吞咽的时候热辣辣的，胸口转瞬又凉飕飕的。

那个人并不是他。

尽管如此，当他们收拾东西匆匆离开的时候，她还是鬼使神差地跟了上去。"累死了，去哪里喝点东西吧？""××冰室？""你不知道吗？那间早就关门大吉啦。""那……这家还开着吧？"她一路尾随，竟然转了一圈，跟着他们回到自家的冰室门前。"但就剩一楼了，不会也要关了吧？""还有煲柠乐就行了，这鬼天气，就只想喝这个。""对对，还有姜乐……"她望见他们吸着鼻子，像是淋了雨的旺财，拖着落魄的身体躲进冰室，跟当时匆匆忙忙钻进来的他，没什么两样。现在的冰室，就只剩下妈妈曾经不屑于招呼的这帮客人。只差一点，她就要跟着回去了。

这个季节，几乎没人要吃红豆冰了。她从对面的屋檐下，听见屋内的收音机在播新闻。最近很多年轻人都离家下南洋谋生。或许，他也加入了淘金的浪潮，就算到了下一个、下下个夏天，也不会回来了。她隐隐感觉到，有一种日子，同样不会再回来了。像端着吃完的新地杯，她觉得轻飘飘，却也空荡荡。

她在裙子上蹭干双手，从口袋翻出那张月份牌，把它捋平整。那女孩的脸位于折痕的部分已被磨得十分模糊，她努力地回想，改变那个女孩命运的地方，在哪里？她背向冰室，再一次迈出彷徨的步伐。她一旦到了那里，会不会也扑一场空？彼时再回首，冰室是否还在？

不知不觉，夕阳西下，夜色像一股暗沉的浪潮已经将橘红的霞光推向边缘。没关系的，她只要一闭眼就能想起熟悉的场景，就算自己身处舞池，只要把面前晶莹剔透的鸡尾酒高脚杯当作百合花形的雪球杯，将头顶上方的彩色球灯当作吊扇，它所发射出的暗夜中所有缤纷的光芒，也不过是透过彩色玻璃不断变幻的斜阳，即将到来的一切仅仅是加速舞动的回忆，她暗自相信，未来也就没有什么让人惧怕的了。Ⓣ

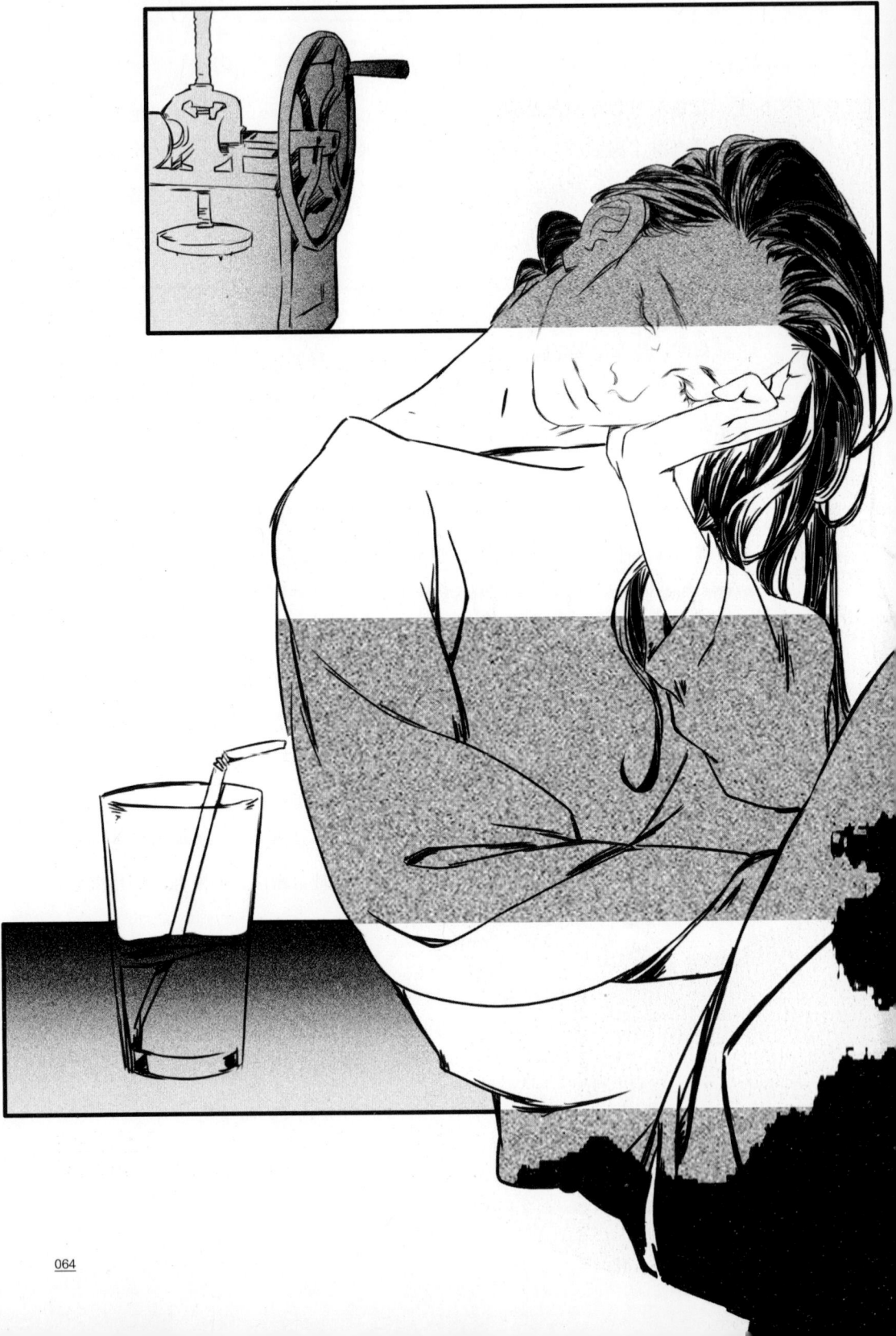

### 冰室

出售冷热饮、雪糕、沙冰及面包等小食的店铺，多存在于广州、香港等南方城市。随着时代的发展，冰室自 20 世纪 80 年代开始日渐式微，不得不向茶餐厅靠拢，加入粉面饭等更多种类的食物。

### A Hard Day's Night

出自披头士第三张录音室专辑 *A Hard Day's Night*，发行于 1964 年 7 月 10 日。

### call 机

也叫作寻呼机、BP 机。流行于 20 世纪八九十年代的一种非即时通信工具。可以接收对方的号码或简短的中文讯息，以便给对方回电。后随着手机的兴起，逐渐淡出人们的生活。

### 披头士

The Beatles，英国摇滚乐队，由约翰·列侬、保罗·麦卡特尼、乔治·哈里森和林戈·斯塔尔四名成员组成。一个具有时代象征意义和代表性的乐队，成了一种全球文化的形象。

### 飞机头

用吹风机、定型水将超长刘海固定的一种发型，曾经是时髦青年热衷的造型。20 世纪五六十年代的歌手猫王可以说是"飞机头"潮流的始祖。

### 月份牌

卡片式的单页年历，商家会印上商品广告用于宣传。早年画面多是中国山水、仕女人物等传统形象，发展至后来则更多地使用时装美女的形象作为主体。

## 《老冰室》
夏无觞 / ILLUSTRATION

# 我所懂得的燃烧与浪漫

·········· TEXT ··········

自由鸟

# 01

"嘿，你知道浦饭幽助他爸是怎么死的吗？"

"不知道。"

"他爸是魔界最强三大妖王之一，名叫雷禅。七百年前还是食人鬼时，在人间偶然邂逅了一个女人。雷禅本想吃了她，没想到女人是密宗一流的食脱师——就是吃病死人的腐尸肉，让自身产生免疫抗体，再割下自己的血肉去给生同样病的人吃的巫医。"

"是鬼故事吗？"

"怎么会是鬼故事呢？明明是富坚义博的热血漫画《幽游白书》啊。你继续听我说嘛——女人给雷禅看她的肚腹，内脏都烂得不成样子了……"

"好恐怖的热血漫画。"

"哪里恐怖了？雷禅感觉自己作为一个妖怪，意志力却还及不上那个女人，突然就喜欢上她啦，于是向她求爱。就这一个晚上，女人怀了孕，但生下孩子之后不久就死了。雷禅一直记得两人那夜分别时，女人说的话：下次再见面，大概不会吃人了吧？后来他就一直都没再吃人。"

"……哦……"看莉莉脸上的神情，似乎很想朝我翻白眼。

但我丝毫不为所动，还用得意扬扬大揭秘的口气说："所以呢——雷禅最后是饿死哒！"

"小跳你就不能像正常女生一样看一点正常浪漫的少女漫画吗？"莉莉皱眉嫌弃道。

"这虽然不是少女漫画，但是超浪漫啊，你想，一个妖怪，爱上一个女人，为了她的一句话，整整七百年不吃人，最后把自己给活活饿死了哦！"虽然对莉莉的审美感到失望，但我还是不甘心放弃地继续点拨道。

"你还是多看看美美的少女漫画吧，再和我说什么死妖怪吃人烂肚子的故事我就——代！表！月！亮！消！灭！你！"莉莉一路翻着白眼，脚底装了弹簧般蹦进弄堂溜回家了，看那一蹿离地三尺高的身形，她应该叫孙小跳才对。

我摇了摇头，果然，看《幽游白书》的和看《美少女战士》的就绝不可能是同一挂人。原本风闻同班的莉莉也是战斗漫画爱好者，还想畅快交流读后感呢，可没料到培养热血友谊的梦想在第一次接触后就迅速破灭。

我背着书包走回头路，往家的方向折返。当然，还是照例绕一点圈子先去"七叶草"。

"七叶草"乃一家漫画书店，在盗版漫画横行的1994年，城市街头几乎每个书报亭都有漫画出售，但"七叶草"堪称其中的陆地巡洋舰。因为它乃四川三叶草书店的直系部队，而四川三叶草书店则是所有盗版漫画发行的开山鼻祖，可想而知七叶草的后台有多硬、库藏有多丰富。

我走进店里，几十盏白晃晃的日光灯照射下，足有两个篮球场那么大的书店里书架林立，数以万计的图书分门别类陈列其上。像一般书店里有的都市爱情、青春校园、悬疑推理、武侠玄幻、母婴养生、家居汽车、学习题库等书籍这里也应有尽有，超越其他书店的是，七叶草专门辟出四分之一的店面划分为漫画区，有最新上市的各路杂志，有结集出版的单行本和彩页集。最受欢迎的那些漫画书大刺刺地铺展着色彩斑斓的封面，占据着各个书架最上排的展示架位置，神气活现得像扛着大旗等待出征的将军；下面一排排露出书背紧密而立的漫画，似按部队番号整齐列队的士兵，时刻准备着要同选购者们做一番视觉、脑力和品位的交锋。如问当时十四岁的我天堂是什么景象，大概就是眼前这样的吧。

今天店里的人不太多，可能是我来得晚了些，那些被家长规定返家时间的小学生都已经撤退了。我略带轻蔑地越过三五个站在少女漫画区域叽叽喳喳的同龄初中女生，昂昂然快步走向热血少年漫画区。啊，荒木飞吕彦的《JOJO的奇遇冒险》单行本又上新了。这是讲一个拥有神奇能力的家族延续数代同邪恶敌人对抗的故事，人物酷炫、画风诡谲，情节设计精妙，十分引人入胜。我抽出一本，迫不及待满心激动地翻阅起来。

"喂，能不能帮我看一下，收银台那边两个黑衣人还在吗？"突然间，一个压得低低的声音从我身侧下方传来。

我扭头去看，两三排书架间却空无一人。正在我以为撞了鬼时，只见一个脑袋从中间一排书架的一侧缓缓冒了出来，只是脑袋所在的位置低得匪夷所思。原来有个人背靠书架蜷坐在地上，显然身形瘦小，厚实的书架把他整个身体都遮挡住了。那是个年纪和我差不多的男孩，头发蓬乱，脸色苍白，他还用一本车田正美的《圣斗士星矢：冥王哈迪斯卷》之《毁灭！沙罗双树园》掩盖着自己的下半张脸，所以我只能看到他那双闪闪发亮的黑眼睛。

"喂，稍微帮我看一下，门口收银台那边有没有两个黑衣人啊？"他低声重复道。

喂什么喂！原本想说，帮你看个鬼啊！但他手里的那本《毁灭！沙罗双树园》却在不知不觉间令我的心思发生偏移。因为我最难忘的一段《圣斗士星矢》的情节就出现在这本书里——最接近神的男人——处女座的黄金圣斗士沙加，为获得第八感"阿赖耶识"活着冲进冥界，用最高心法"天舞宝轮"与另外三位黄金圣斗士对决，而三位黄金圣斗士也被逼使出了女神所严令禁止的影子战法。漫天花瓣飞舞，星辰粉碎，荒芜大地上沙罗双树园被毁，沙加阵亡。漫画里的旁白我闭着眼都能背出来：诸行无常，盛者必衰……花开花落……再灿烂的星光也会消失……这个地球、太阳和银河系，就连这个大宇宙也会有消亡的时候……人的一生，与这些相比，简直是刹那间的事。战斗和受伤，笑与流泪，喜悦与悲伤，爱谁，恨谁……最后都要归入死亡的永眠。

古怪的家伙，漫画却是超棒。虽说他用《沙罗双树园》遮脸并不代表他就喜欢这本书，但我还是踮起脚尖伸长脖子，越过重重书架和一些人头朝收银台的方向望了望。看到两个穿蓝色运动服、背书包的女孩在等候结账，店门口也只有一个打着哈欠的秃头保安，于是回复那小子道："没有什么黑衣人啊。"然后继续埋头看手里的《JOJO》。

"书店外的街上也没有？"那个脑袋发出不依不饶的声音，眼神严峻。

"对不起，你有病吧？"我脱口而出。

"真是的，你有药吗？"他肃然回应。

任谁有药恐怕都治不了你啦！我简直就要不客气地回敬。可实在不想和一个神经病废话，他破坏了所有的静谧和美好，破坏了我同荒木大神的一场期待已久的约会。正看到身为拥趸的广濑康一和间田去拜访隐身在杜王町的著名漫画家岸边露伴，没想到漫画家竟然也是个拥有神奇能力的"替身使者"，岸边露伴用替身能力"天堂之门"攻击了康一和间田，把他们两人变成脸部、手背、躯体……可以随意翻阅的活体书，读取其中有趣的经历和记忆作为自己漫画的素材。被撕掉了书页也就丧失了记忆的康一体重不断下降，性命堪忧……尽管脸皮被一层层翻书的画面看起来恶心又惊悚，但这么精彩绝伦的情节我竟然没法好好看下去了！难道这小子以为我有钱能把书买下来回家慢慢看吗？就算我莫名捡到钱能把喜欢的漫画书都买回家，我妈还不得把我骂到臭头？家里屋子那么小，把又费钱又占地方的东西带回去，有哥哥的坦克航母模型和爸爸的音乐书籍惨遭清理的血的教训在先，抬头问苍天，试问我妈饶过谁？

正当我愤怒却又无奈地把书放回架上时，那小子仰头看着我，目光定定地说："虽然漫画表现得比较夸张，但替身使者其实也就是一种特异功能的拟人化表现。你在看《去漫画家的家里玩》那一卷？我刚看完。岸边露伴的'天堂之门'不就是读心术嘛，空条承太郎的'白金之星'和东方仗助的'疯狂钻石'融汇了意念致动、隔空取物、暴力摧毁功能……"

"那迪奥的'世界'、空条承太郎的'白金之星'的暂停时间能力呢？"我转着眼珠问。

"凌空平行宇宙。"他泰然自若地答道，那种言之凿凿的神情竟然令我无暇去思索是否真有这个名词。

"你相信人会具有特异功能吗？"他慢慢从书架后面挪移了出来，盘腿坐在地上，一手按着膝盖，另一只拿着漫画书的手也放下来。我终于看清他的整张脸，薄薄的嘴唇，眉毛寡淡，只有眼睛黑亮得出奇，神色也不像同龄少年那般没心没肺、傻笑兮兮。

"相信啊！"我心脏突地一跳。经常是我拿这些问题去问别人，无端惹来众人讪笑。这还是第一次有人提出这样的问题来问我，不由得有些小激动，顿了一顿后补充道："我还相信月球是中空的，阿波罗登月是骗局，就算他们真的登上了月球表面，阿姆斯特朗开口说的第一句话也不是'我的一小步，人类的一大步'，而是'我的上帝'，因为他看见从月亮环形火山口里飞出的不明飞行物！飞碟一直在光顾地球，UFO坠毁在五十一区，美国人手里长期握有外星人的尸体……"

"帮我看一下店外有没有黑衣人在吧？"他挑挑淡得几乎看不清的眉毛道，"我很早就开始研究这些，最近发现有人在跟踪我。"

## 02

"然后你们还约好了再见面？"小静倒吸一口冷气的样子让我立马后悔把这事告诉她了。我们曾就读同一所小学，初中又同班，她是数学课代表兼副班长，虽然漫画看得少，好歹还不曾取笑我对热血漫画的痴迷。可这次尽管我只是轻描淡写地说在校外碰到个有同样兴趣爱好的男生，小静就显得惊奇又狐疑了。

其实我和那男孩已经见了好几次面，都是在七叶草书店，并没有刻意约定过时间地点，只是每次都在那里见到他。掠过重重书架和周遭不知所谓的人群，目光交会的瞬间，我们面无表情却又心内微喜，仿佛两个地下党接上了头。天气越来越热，我也想去肯德基或麦当劳那样冷气充足又有桌椅的地方坐坐啊，但那里没有漫画书，就感觉空气也稀薄了些。况且如果我有买汉堡薯条的钱，难道不会拿来买漫画和《飞碟探索》啊，于是七叶草就成了我们会面的唯一场所，彼此都默默地觉得对方像只出现在这里的地缚灵吧。

"小跳，那个男生叫什么名字？哪个学校的？读几年级？"小静歪着头问。同学们正在操场上挥汗如雨气喘如牛地跑一千米，不时有男生朝我们投来呆滞又羡慕的目光。怎样，不爽的话你们也来例假啊。

事实上我还不知道那个男孩的姓名。因为那天就在我按一般的交友礼仪，自报家门说："我是辽阳中学初二（1）班的孙——"他就伸出一只手掌制止了我，说："安全起见，我们还是用别名或代号吧。这里是七叶草，你就叫我老八，我就叫你小九……"

"我从不叫除我爸以外的人'老ba'，除了猪八戒。"我摇头。别想蒙我。初中生没事干就喜欢玩文字游戏，口头上占点便宜也会开心半天。每次试卷下发后分析选择题，只要答案是A的，我同桌陆胖子就会低头一个劲低声念"孙子孙子孙子"。讲台上的老师正谆谆诱导全班同学说："下面这道题的答案是什么啊？很明显啊，大家一起回答——"我冷眼看身边的胖子低着头贼笑"孙子孙子孙子"，全班没心眼的孩子异口同声大喊："A（哎）——"他就觉得自己成了全班人的爷爷，各科老师更是无数次做过他的儿子孙子十八代灰孙子，只有我识破他的诡计没中圈套。

"那你叫我六哥，我叫你小七。"他愣了愣改口道，代号取得很随意嘛，不过看他的神情并不是蓄谋要占便宜的样子。

"干吗叫你哥？说不定你还比我小。"我冷静地说。

"我生日是1980年10月26日，你呢？"

"1980年11月27日，才大一个月而已。"原来他是天蝎座啊。

"那也是大啊。"他苍白的脸上浮现一丝笑容，"我注意你不是一天两天了，你只喜欢热血少年漫画，尤其是科幻和恐怖的。我敢说你也绝不是一般的人，小七。"

呃，面对一个了解你比你了解他多的人，一时间很难提出什么有力的异议。于是他就代号"六哥"，我就代号"小七"。

当然小静必然不会这么觉得，普通人总需要一个普通的答案。

"不知道哪个学校的，萍水相逢而已，我问他姓名年级做什么，又不调查户口。"我故作轻松地对小静说，"应该和我们同年吧。"

"他是不是喜欢你，想追你啊？！"小静瞪大眼睛张大嘴，脸上顿时出现两小一大三个圆洞，仿佛有男生想追我是比见鬼更离奇的事。真是见了鬼了。我们马上就要升初三了，初一卿卿我我那才叫早恋，初三女生有男生喜欢再正常不过了。不过六哥和我完全不是那么回事。

"别闹了，低级趣味。"我叹口气道。

我和六哥有着隐秘而伟大的共同志向，除了疯狂喜爱《幽游白书》《JOJO的奇妙冒险》《圣斗士星矢》《七龙珠》《北斗神拳》《灌篮高手》《乱马1/2》《富江》《寄生兽》等漫画以外，我们探讨的都是人脑的奥秘、尼斯湖水怪、沉没的亚特兰蒂斯、让飞机和轮船神秘消失的百慕大三角区、生命的起源、平行宇宙等宏大命题。我们都坚信自己是身负天赋使命的特殊个体，同身边那些只知道学习考试分数升学、暗恋早恋八卦的同龄人截然不同，更是那些庸庸碌碌为无聊工作疲于奔命的大人的精神终结者。这些高深莫测的东西普通人根本不会明白，就算小静是数学课代表也理解不了啊。

"唉，小跳啊，对方什么情况都不清楚就同他约见面，你不会是喜欢上他了吧？他长得帅吗？拿我们班级男生做比较，是叶俊凯那种等级还是汪春毅那种水平啊……"

唉，你让我说什么好呢？凡人哪。

## 03

六哥的耳朵片也特别薄，白得近乎透明的皮肤下，浅红色血管隐约可见。他耳洞窝里露出一小截白色纸卷。我一会儿瞧瞧他的耳朵，一会儿瞅瞅他紧闭着的双眼。他凝神皱眉，低声喃喃道："……好像看见一点偏旁，有个口……"

"啊啊！对对对！"我兴奋地点头道。

"是个'咖啡'的'啡'字？"六哥睁开眼望向我。

我佩服得五体投地口齿不清："哇塞，太……太……太神了！"

"这回完全对了？！"他比我更激动，黑眼睛里闪动着强烈的光芒，忙不迭把纸卷从耳朵眼里抽出来展开。

纸上是我龙飞凤舞写的一个孙小跳的"跳"字。我们正在实验"耳朵听字"，据说要开发人体异能，这可是基础项目。

"是我写得潦草，几乎就对了！啡和跳，从字形上看真的很接近啊！你今天状态很好。好了好了，换我换我！"我摩拳擦掌跃跃欲试。

本来有一点点懊丧的六哥被我一说又开心起来，背对我在另一张纸片上写字并卷起来。

炎热的暑假里，七叶草新添了几台空调，毫不吝啬地吹出徐徐凉风，我们很高兴秘密试验室成了避暑胜地，差不多每周有两三次在这里见面。从耳朵听字到用意念推倒一枚竖立起来的硬币，我们努力开发自身潜能。照鸟山明的理解就是修炼"气"和"冲击波"，按荒木飞吕彦的描述就是"召唤替身使者"，依车田正美的心法就是"燃烧小宇宙"，而在荻野真的《孔雀王》里就是"临兵斗者皆阵列在前"。虽然进展缓慢，有时毫无进展甚至会状态倒退，但我们坚信，只要功夫深，铁杵磨成针。等意念力再增强点，下一步的实验计划就是在月圆之夜朝深空发射脑电波，呼唤地球附近的飞碟。

开发超能力可是相当耗费能量的，兜里也没什么钱，饿着肚子休息的时候，我们并排坐在书架下翻着漫画书聊天。

"你说有黑衣人跟踪你，那是些什么人？"

"嗯……"他仰头望着灯火通明的天花板，看起来像是在努力思索。

"是有同样超能力的对手吗？是政府秘密机构的调查员，还是想利用你特异功能为非作歹的犯罪分子，或者是来自未来的杀手机器人？"我等不及他慢如龟爬的回答，把脑洞开到最大，一路猜猜猜猜下去，"要不然就是试图要绑架你的外星人？"

"呃……没有你想的那么夸张啦。你也看到了，我的潜能还不能有效发挥出来。但对很多人来说，像我们这样的就是异数、是病人、是世界的不安定因素，应该被关在不见天日的黑洞里，永生不能出来兴风作浪。可能是我的心理作用，我总觉得有黑衣人在跟踪我，他们大概觉得自己是医生或是审判者，想要把我控制起来。"六哥用十分淡然的口气说，我听了却越发佩服，他不过比我大一个月，对现实就有这样敏锐的洞察力，简直惊人。

六哥仿佛还沉浸在自己的思绪里，抬起胳膊枕在头后，他本就短小的方领T恤更是缩上去一截，我忽然瞄到他右侧下腹部露出一团淤青。

"这是什么？"我指着问。

他看了看自己的肚子，缓缓拉下衣衫："伤。"

"哪里弄伤的？"

"很难讲。原来没有，睡一觉起来就有了。"

我愣了神，有点汗毛倒竖："简直像是被鬼打的哦？"

"某种比鬼更可恶的力量。我要加紧潜能开发，有了超能力防身，就能战胜它了！"六哥毅然决然地说。

"还有黑衣人！"我提醒道。

"对，还有黑衣人。"

"还有数学老师！"

"对，尤其是数学老师。"

我们要面对的敌人还真不少啊。虽然修炼特异功能很辛苦，但想到以后可以在课堂上不动声色地用念力操纵黑板擦甩数学老师连环耳刮子，我就浑身充满了干劲。

我依然不知道六哥的真实姓名、就读哪个学校、家住哪里。我认为这些并不重要。只有世故的成年人才总是关心"毕业于哪个学校？你哪个单位的？做什么工作？薪水高不高？房子买在哪里？有对象没有？结婚了吗？有孩子了吗？孩子多大啦？读什么学校？将来给他找什么工作？"此类问题。少年时期的我觉得社会属性只是笼统的外在，甚至具有很强的伪装性，并不能说明对方究竟是个怎样的人。我更关心人的自然属性，例如是不是个有意思的人啊，在共同喜欢的事物上有什么新奇观点啦，以及我们在一起玩能搞出多大的事情来。六哥大概也是这样想的，反正他从不问我的姓名身份，我就安心做我的小七，一个所有古怪想法都能被接受、绝不担心被嘲笑"你那是伪科学啊！小学生啊！幼稚死啦！"的酷女孩小七。嗯，对，我挺喜欢这样的。

讨厌的是，现实总在隆隆运行，总有外界力量跑来破坏我们单纯的心境。

暑假嘛，四海八荒的熊孩子都撒了欢，拥进七叶草来吹空调看漫画书的家伙越来越多。对于并排席地而坐在靠墙一隅的一男一女，连高年级小学生都会用暖昧嫌弃的眼风扫我们，更糟糕的是撞上熟人。

"啊，孙小跳，你也在这里！"

随着叫声，我抬头就看到小静和莉莉。她们结伴来逛漫画书店？平时没觉得她俩有多少交集啊，这个组合真少见。我来不及从地上爬起来，龇牙咧嘴冲她俩笑笑："哈喽。"

她们满脸狐疑地扫视和我并肩坐地的六哥："这是谁啊？好像不是我们学校的吧？"

六哥并不想暴露身份，默默站起身，扭头低声对我说："是你的同学？那我先走了。"

"嗯，好。"我早就习惯了六哥的不拘小节和特立独行，但小静和莉莉显然很不适应，嘴巴眼睛撑成六个圈圈。

等把八卦问题儿童一样烦得要死的莉莉送走之后，小静拽着我往回家的路上走，皱眉问道："这就是你说过遇到的那个男生啊？"

"嗯啊。"我撇撇嘴。

"好啊孙小跳，找你游泳都不出来，你就是和他混在一起啊。"小静提高音量道。

"我们是兴趣互助小组。"我略微解释道。

"算了吧，我看你们是在约会。"小静斩钉截铁地武断下定论，丝毫不听我的解释，然后突然说，"你可以早恋，但不要和那种人！"

我有点哭笑不得："赵小妈，第一，我没有早恋；第二，你管不到我和怎样的人一起玩；第三，他怎么了？你不要才看一眼就瞎判断他是怎样的人好不好？你是觉得他不帅？"

"已经不是帅不帅的问题了，而是怪不怪的问题。那个男生看起来很古怪。"

我不得不承认赵小静有点眼力见儿，像六哥这样的能人异士确实有着与众不同的气场。

"不许你再和他一起玩。开学就初三了，马上要参加中考升高中了，你成绩本来就够呛，忽上忽下的，再和怪人混在一起就完蛋了。"

我翻她一个白眼："被班主任附身啊你？"

"你不听劝是吧？我去告诉班主任老师。"

"去吧去吧，我好久没找老陈谈心了。"我笑笑说。

这纯属瞎掰。赵小妈喜欢管我闲事，但她再不济都不是爱打小报告的人，况且我根本不怕班主任。老师都知道我是怪人，他们都害怕给我上思想课，因为不管跟我怎么谈，我都有本事把方向往悬疑科幻方面拢，最后话题都会扯到世界四十九大谜上去，这简直就是离奇的世界第五十大谜。

小静眼珠一转："那我告诉你妈去，说你早恋。"

这回我大惊失色了："你不要乱说啊，纯粹诬陷。"生我养我的老娘足足有超过八百种的可怕法子可以对付我，是我、我哥和我爸的克星。我们都爱她，因为我们都怕她，所以不敢不爱她。

"那你还要不要和那个男生见面？"赵小妈厉声断喝，我看她越来越有我娘的风韵。

"不要了不要了。"我赔笑道。反正暑假快结束了，等开学功课繁忙，最近搬家在十里地外的小静也不太可能出现在七叶草了。

"相信我，我是为你好，那绝对是个怪人。"

## 04

没想到初三功课竟然会变得这么繁忙，初一初二还在放羊打瞌睡的各科老师仿佛一夜之间全清醒过来，咬牙切齿丧心病狂地给我们加作业、出考题。唉，你们早干吗去了呢？不会把工作量匀一匀吗？真是一点时间管理都不懂，让我说你们什么好。

我去七叶草书店的频率大大降低，每周能有一次见到六哥就不错了。感觉得到六哥挺失落的，每次见到我就两眼放光，我不得不告辞回家时他差点就眼泪汪汪。同为初三毕业党，他们功课抓得一点都不紧啊，这么好的学校上哪里去找？我好几次都快要忍不住问他念哪个学校了，但转念一想这样的话神秘感就荡然无存，能在烦不胜烦的繁重学业之余扮演一小会儿酷酷的小七，实属不易，怎能让恶俗的现实来侵蚀我们的理想空间呢。

然而该来的总是会来。

时间飞速进入11月，天气越来越冷，街头充满一种万物萧瑟的感觉。

11月25日是星期五，为了抢占下午最后一节自修课的临时加课时间，数学老师和语文老师在全班四十多双眼睛的瞪视下不知羞耻地打起来，最后还是数学老师赢了，语文老师满脸血痕歪着脑袋退出教室。数学老师这个女人十根手指甲长长的，好像修炼过九阴白骨爪，能战胜她的大概只有岳不群岳校长绵里藏针、笑而不露的葵花神功了。数学梅超风对着我们大发淫威，布置了一大堆习题，下课铃响起后教室里哀鸿遍野。我来不及去听他们鬼哭狼嚎，背上书包冲出教室，已经一周没去七叶草了，下周要中考测验，更加没时间，今天无论如何要去看一下六哥在不在。

六哥在。我一进书店，远远看到他站在漫画区的书架前对着店门口翘首相望，好像一直就在等我来。

"怎样怎样？今天练习什么？密闭瓶子里取药粉还是手掌读书？瓶子我都带来了。"我笑容满面地走过去，拜梅超风所赐，时间紧迫，连寒暄都省略了。

六哥拉着我在书架前坐下："我有东西给你。"他拽过身后的书包，拉开拉链取出一包用报纸包着的平板状东西，微笑着递给我："生日快乐。"

我惊讶得不得了，再过两天，星期天就是我生日，妈妈有说要全家吃红烧排骨面，班里同学也有提前送小礼物给我的，但真没想到六哥会记得我的生日，况且一个月前他生日时我可完全没想起来，不要说礼物了，连句祝福的话都没奉上啊。尽管惭愧，我还是很欣喜地接过礼物来："是什么啊？"

拆开一看，我瞪大了眼睛，竟然是天野喜孝的彩页画集《魔天》，而且还是连七叶草也没可能出售的日文原版！纸张手感爽滑，印刷精美绝伦，绝不是盗版可以比拟的。天野喜孝不是故事漫画家而是天才插画师，他风格鲜明、独成流派，笔下的人物都有着狭长阴郁的眼，造型飘逸多变。他把欧洲浓墨重彩的教堂油画风同华美妖娆的东洋动漫风完美结合，曾受邀给日本著名CG动画游戏《最终幻想》做人物设定。这本彩页集的定价可是四千八百日元，折换人民币就是三百块，对我们而言简直是天文数字。这份生日大礼实在太重了，和我一样经常饿肚子的六哥又是从哪里得到的呢？

"我用超能力从东京远距离传送过来的。"六哥看看我合不拢的嘴，微笑着说。

这怎么可能。不是不相信六哥的能力。但是用意念移动物体受空间距离和物体质量的限制，东京到上海可要一千几百千米，这本彩页集的重量又超过一公斤，那要耗费多大的能量啊。打个比方来说，这至少要白银圣斗士级别的超能力者才能做到，而六哥和我目前都还在往青铜圣斗士级别去的半路上苦修呢，当然他段数比我高一些。或许是他辛苦攒钱买的，或许是国外的亲戚送给他的，总之不管从哪里得来的，一定很不容易，他自己不留着，而是拿来送给我，这份情义可了不得。明年他过生日时我一定也要好好送一份走心的礼物才行。心里郑重其事地想着，嘴上说："太棒啦！下次用超能力传送大友克洋的彩页集来吧。"

六哥想了想，笑道："等能量积聚，机缘巧合。"

这真是我有生以来收到的最好的生日礼物，喜欢得不得了，爱不释手小心翼翼地翻着，险些忘记回家时间。天色实在晚了，再不回家就要被罚刷碗。临走前我们轮流去厕所，剩下一个人看着包。六哥去上洗手间的间隙里，我的目光扫过从他书包里滑落出来的课本，赫然发现那是本初二的语文书。我有些惊异，随后看到旁边的练习本封面上写着"东城中学""初二（2）班""徐大江"。

"啊哈，你小子骗我，你明明才上初二，比我小一年，你得叫我七姐。"等他回来时，我老实不客气地指着他笑，又补充道，"我没翻你书包，拉链没拉，东西滑出来刚好看到。快，叫七姐。"

他愣了愣，一边俯身收拾地上的课本练习册，一边淡淡地说："我没骗你，我的确比你大，只是我留级了。"

我对留级生并没有成见，但我以前也确实没同留级生交过朋友。礼尚往来，既然知道了他的真实姓名和学校班级，也得把自己交代一下，我搔搔头道："我叫孙小跳。"

但六哥似乎情绪不太好。一路走出书店的时候他对我说："成绩不代表一切，学校考试看成绩，人生却没有标准答案。有自信的人做什么都是正确的，没自信的人怎么做都是错误的。"然后一直到分手告别他都没再说话。

**05**

期中考试结束后我接连几天去七叶草书店看漫画，也是为了见六哥，然而却一直没有遇到他，之后的两周也三次扑空。感觉心里很不是滋味，六哥送给我这么好的生日礼物，我却很脑残地拆穿了他的真实身份，还逼得他说出自己是留级生的事实，一定令他很没面子。想到这些我都想揍自己一顿。可是学业越来越紧张，一时间又找不到六哥道歉，我只能先应付老师和考试再说。

一眨眼到了元旦新年，迎来1995年。1月的上海天寒地冻，我脑浆大概也被冻住了，看考题就像在看鬼画符，好想在月圆之夜变身赛亚大金刚把学校踩平。期末考试前三天，阴雨天，老师又延迟放学，我和小静走出学校的时候天都快黑了，肚子饿得要死，小静提议去吃碗小馄饨，她请客，我就乖乖跟着走了。

路过清州路时发现有人在街边口角，看身形都是同我年纪差不多的初中男生，但不是我们学校的。四五个人似乎是一帮，辱骂被他们围在中间的一个人，骂的话脏字连篇，间或还动手推搡几下。我忽然发现被欺负的那个人看起来很像六哥，心里一紧，举步朝那个方向走去。身边的小静一把拽住我的胳膊："你干什么？不良少年吵架不要凑过去看啊。"此时听到有人在骂："徐大江，你妈……你爸……"名字叫得清清楚楚，具体什么听不清，必定是污言秽语，不听也罢，听到也只怕污了耳朵，但我已确信那人是六哥无疑。

"喂！你们那么多人欺负一个，要不要脸！快滚——"我一边挣脱小静死拽着我的手，一边大喝着朝他们走去。赵小妈完全傻了眼。在学校里我虽是怪咖，但素来与世无争，很少动怒，而此刻的我满脸通红、气血喷涌，简直是小宇宙瞬间爆燃。热血少年漫画里总有这样的情节：原本力量远远不及敌手的主人公，在发现同伴被敌人杀害后立刻战斗力破表，把敌人杀得片甲不留，而同伴也通过各种方法满血复活，继续并肩作战。此时此地我被孙悟空、浦饭幽助、星矢、空条承太郎一起附体，不顾一切地朝那帮小子冲去。

然而还没等我冲到他们跟前，就听到"砰"的一声闷响，随后是一个男孩的惨叫。只见六哥手里握着地上捡来的一块碎砖，砖上染着血。一个欺负他的小子抱着开了花的脑袋，用难以置信的目光看着六哥，其余人也都目瞪口呆。愣了两秒钟之后，他们再度发起狠来，边破口大骂边试图打倒六哥，毕竟他们人多势众。但他们没料到六哥这方还有我这个斜刺里杀出来的援军。我一脚踢中一个家伙的小腿，又一巴掌扇中一个小子的后背，我是通关手，扇人可不是一般地疼。

小静在身后尖叫，她没撒腿逃跑已算够义气了。

混乱中六哥手里还是牢牢抓着那块染血的砖，扑向那个被他打破头的惨货，一边拍一边喊："不许说我妈！不许提我爸！"架势实在吓人，连命都豁出去了似的。那帮人感觉不对，无心恋战，叫嚷着："憨卵疯掉了！"架着那个血流满面的惨货向街尾逃离。只剩下满身尘土和血痕跌倒在地的六哥，衣服都扯得不成样子，眼睛也肿了，还流着鼻血。

过了良久，六哥艰难地站起身来，手里还提着那块作为凶器的砖。我很担心又有些害怕，慢慢朝他走去，轻声道："六哥……"他双目空洞无物，仿佛看不见我般径直从旁边擦身而过，摇摇晃晃地走向街的另一头，直至在我视线中消失。

乌云密布，天色完全黑了。

后来我再也没在七叶草里见到过他。

## 06

1995年4月，春光四泄，申城街头开遍玉兰花和樱花，团团粉粉煞是好看。当然初三毕业党是没工夫欣赏的，走在路上看花很容易被车撞，坐在课桌或书桌前遥望花会横遭老师怒骂或挨家长一记头塌。

我努力让自己不去想六哥。而本该埋头题海挥臂拼搏的小静，却在一个周日跑来我家，很八卦地告诉我关于六哥的事。

"那个徐大江啊，去年留级了。我邻居家一个小孩就和他一所学校，原本还是同班同学，情况再清楚不过了。东城中学本来就是菜场中学，学生成绩差、素质不高，这样他还留级，可见脑子有多不灵光。"

听她这样说，我阴沉着脸，很不开心，但小静真不会看脸色，自顾自说下去。

"就像我早和你说的，那个徐大江是个怪人，在学校里都没什么朋友，性格很孤僻，成天胡思乱想、神神鬼鬼的，同学也不太愿意和他玩。"

我朝赵小妈翻了个白眼："你是在说我吗？"

小静看看我，伸出手在我脑门上叩了个响亮的爆栗，疼得要死。"你不要自甘堕落，你还是有救的，幸亏有我。"看我没打算还手，她接着说下去，"去年11月，那个徐大江偷了同学的东西，追查出来后被失主打了一顿，可能就是那天我们遇到的围攻他的同一帮人。"

"去年11月？偷东西？什么东西？"我心惊肉跳，感觉很不妙。

"据说是一本书，一本人家亲戚从日本带回来送给失主的漫画彩页集，价钱还挺贵的。臭屁想要显摆嘛，就把书带到学校里来了，没承想当天就被偷了。排查了一个多星期，怀疑是徐大江干的，但他始终不承认，也没找到那本书。"

我的目光移向小静背后的书橱，那本日本原版的天野喜孝的《魔天》就静静地竖在那里。

心里翻江倒海。我同所有人一样，本能地厌恶鄙视小偷，偷书贼也是偷，卑劣而低下。六哥……不，徐大江干吗要去偷一本书送我当生日礼物？还说是用超能力从东京传送过来的。我再也不想碰那本《魔天》了。

"失主找不到书，就一直打他？"我黯然问，声音十分嘶哑。

"隔三岔五地找碴儿吧。反正去年11月底排查后严重怀疑时，他们就打过他一顿来逼供，挺多伤的，走路也一瘸一拐。"

所以他一直都没去七叶草，那段时间我都没等到他，我心里酸涩地想。忽然又联想起以前在他小腹部看到的淤青，那可是远在偷《魔天》之前了，还记得当时他说是"一种比鬼还讨厌的力量弄的""本来没有，睡一觉起来就有了"。

"他是不是时常偷别人东西啊？"我难过地问。

小静摇摇头："那倒没有，至少他们班里丢东西还是头一次，而且当时同那本漫画书放在一起的还有一个钱包,里面有两百多块钱,钱都在,就书没有了。大家都知道徐大江对漫画挺狂热的,除了他不会有别人做这种蠢事。被偷书的家伙不是善茬,铆准了徐大江就老找他麻烦,骂骂他,欺负欺负他,动手是不太动的,因为没有证据,且已经打过一顿了,闹到家长老师那里也讨不到便宜。"

"那我们上次见到他们……"

"那帮人其实也挺意外的,以前他们骂几句、推几把,徐大江都不怎么反抗。那天为首的一个家伙似乎是听闻了徐大江家里什么事,言语间牵扯出他爸妈来,徐大江这才发了狠,居然捡砖头把他脑袋都砸破了。"小静摇摇头说,"我听邻居的小孩说,后来被打破头的男孩家长闹到学校,又要徐家赔偿,还提出一个很可怕的数字,总之搞得一片混乱,最后也不知道赔钱了没有。你看看,我眼光多准,幸亏我叫你不要和他玩吧……"

她唠唠叨叨地自我表功,我却什么都没听进去,周遭一切都离我好遥远,我内心的小宇宙微弱得快要熄灭了。

## 07

1995年中考满分510分,我考出了482.5的离奇高分,爸妈捶胸顿足哭天抢地,说早知道我会脑子开窍考这么好,就该给我的第一志愿填市重点高中,完全超越了分数线啊。结果我进了一所区重点,学号是按分数高低排列的,我在全班女生里排No.1。

进了区重点我又令全家人大跌眼镜。爸妈原本满心期待我的成绩从此站起来了,朝一本大学的目标高歌猛进,没料到我却恢复初中本色,成绩常在中游徘徊,有一次还滑到下游浮沉。

"再下去你要躺到地板上了。"我爸幽幽表示。

"不,是就要躺进地下室了。"我妈阴郁断言。

怪只怪改革开放成效越来越显著,爸妈单位效益好了,他们工资多了,我零用钱涨了,也结交了新朋友,常和班里同学出去玩,吃甜食和快餐啊,去钱柜唱歌啊,参加生日聚会啊,物质生活丰富多彩,和初中时代相比那是不可同日而语，学习多少受到点影响。我再三保证先让我适应一下高中节奏，高二一定重占江山，这才没失去零用钱和人身自由。

转眼间高一下半学期过了一半，4月末同班的花子生日，我们七八个平素要好的同学聚在钱柜KTV唱歌。

"……遥远的地方有个女郎，名字叫作耶利亚，有人在传说她的眼睛，看了使你更年轻……"包房里童安格的《耶利亚女郎》唱得震天响，连老屁这个夹杂在女人堆里的男人都在边扭边吼，我去。

我去洗手间，刚好客满，就站在盥洗台边等位。台面上摊开着一份《法制晚报》，一篇新闻大标题是《谁之殇——少年杀人事件簿》，挺吸引人的，我就拿起来看。文章里剖析了几起青少年杀人犯罪的案例，当然都隐去了当事人的真实姓名。看到一则小标题为"家庭暴力的献祭品"时，我不由得内心耸动。

文内写：申城虹口区某初中十五岁男生余某原本有着美好青春年华，不想平地风波起，父亲婚内出轨有了小三，传统保守的母亲还试图保持家庭完整。父亲想要离婚却又不愿意丧失财产，意图逼迫妻子放弃家产、主动提出离婚，在长达一年多的时间里反复对妻子斥之暴力，儿子余某也曾多次遭父亲拳脚相加。母亲觉得家丑不可外扬从未报警，真是可叹可气。这样的家庭环境自然形同炼狱，余某学习成绩一落千丈，初二留级不说，还涉嫌窃取同学物品，后因打伤同学无法与人共处而休学。去年10月，父亲再度在家用皮带威胁打骂妻子，甚至挥舞水果刀划伤了妻子的手腕，忍无可忍的少年余某把父亲推下了屋外过道里的楼梯，刚巧楼下放置着邻居家拆除下来的铁质生锈防盗架，锋利尖刺从父亲的胸膛穿过，送医后不治身亡。

我手脚冰凉、浑身僵硬。这么多相应的细节不可能是巧合，文中少年余某，不就是徐大江嘛！他身上的伤是父亲打的，"比鬼还讨厌的力量"是指家暴的父亲，同学提及他出轨的父亲和懦弱的母亲就令他发狂……他从不告诉我家里的事，在七叶草里和我一起开发特异功能大概是他最轻松快乐的时光。我什么都不知道……就在半年前，他杀了人，为了保护母亲，失手杀了父亲。

## 08

5月18日是我哥的生日,照例家里晚餐又是切蛋糕又是下面条的,还开了瓶香槟酒,当然,不过是从超市买的便宜货。

爸爸喝了点酒就满面红光,又感叹起当年我妈生下我哥后没奶水,他如何坐小舢板船去浦东,从当地人手里买野生河鲫鱼的故事。我们都听过八百多遍了,后面就该说当年他去江西插队落户偷鸡摸狗的故事。这可不是比喻,真的是偷鸡摸狗。城里来的知青简直不是人,而是过境蝗虫,把老表家的粮食吃光不说,连人家里养的鸡鸭和看门狗都捉来吃了。"三年困难时期啊,饿啊!"爸爸呷咂嘴,心满意足地大嚼油爆虾,"老表都哭啦,说我们简直太狠了。"

"得了吧,你插队那会儿早过了三年困难时期了。你们那就是嘴巴馋。少在孩子面前说什么偷啊摸啊的,难听哦啦。"我妈把香喷喷的炸猪排端上桌,对我爸嗤之以鼻,然后开始旁敲侧击问我哥为什么裤兜里会有一根烟。

哥想不出怎么回答,因为编瞎话在我妈跟前走不出三个回合,于是他用歪头杀卖萌:"你猜?"

猜你个大头鬼啊!"他床底下还有一包万宝路。"我没好气地出卖道。我很少这么干,最近心绪不佳,堵得慌,对世界满怀浓浓恶意。

"孙小跳床板底下藏了Zippo打火机。"我哥瞥我一眼,高声怪叫,现世报来了。那是我偷偷买了要送给一个高二学长当生日礼物的,我有点暗恋他。

"你藏打火机干什么?"妈瞪着我,脸上神情却在说:Shit,我每天铺床扫地,居然没搜出来?

"哥睡觉前从不刷牙洗脸!"我赶紧转移妈的注意力,哥的卫生问题一直都令妈虎视眈眈,就像中东能源问题之于美国。

"好啊,孙大路你别想买游戏机了,可替你爸省钱了。"

"孙小跳我跟你什么仇什么怨?今天还让不让我过生日啦?你以前老是半夜里不睡觉跑到阳台上呼唤飞碟我提过半个字没有?"

"哼,我早不干那种事啦。"

鸡飞狗跳的一家人,热热闹闹的一家人,我多庆幸自己拥有这些温暖的家人。像我哥这样的人渣都有全家人给他庆祝生日，而六哥……我没法想下去了。六哥就像飞碟，像我生命中的不明飞行物，突兀地出现，又陡然地消失。除了我，找不到别的目击证人。

"我想去看一个朋友。"我猛然抬起头来说，情绪大概是有点激动，把大家吓了一跳。

"那就去啊。"爸爸觉得莫名其妙。

"最好有人能陪我去。他被关着，三五年出不来。"我话音微颤。

"他坐牢啊？"连我哥都傻眼了，爸爸更是连句话都问不出来。

"差不多吧，上海市精神疾病控制中心。"

我爸和我哥面面相觑，我妈往我碗里夹了块炸猪排，淡淡道："我陪你去。"

我们都被妈的镇定自若和深明大义折服了，许久之后我才知道妈一直偷看我的日记，她早就对六哥的事情和我的心结了如指掌。隐藏得如此不动声色，说到底，还是妈可怕。

## 09

《法制晚报》指出，参照《刑法》第十七条和《青少年保护法》，且考虑到有防卫和自首情节，未满十六周岁的余某被免予刑事处罚，可由监护人监管或政府收容教养。但经过一段时间观察，医疗司法鉴定机构认定，少年余某在失手杀死父亲后精神异常，最后他没进少教所而是进了精神病院。

我对精神病院的理解来自《终结者2》和《飞越疯人院》——一道道监狱一样的铁栅栏门，冷酷的白色走廊，两边是关押病人的单间房，门上有个装铁栏杆的小窗口，教习医生挨个儿把脑袋凑到窗口去观测病人有没有在发狂。护士会虐待病人，腰里别着棍子，大声播放洗脑音乐，不给看电视，逼迫吃药，像对待牲口一样注射大剂量镇静剂，上电疗法……

爸妈壮胆在侧，我忐忑不安地走进精神疾病控制中心，这才发现这里似乎和普通大医院也差不太多，来挂号的看起来都挺正常，前台接待和收费窗口的工作人员也一样高效而不耐烦。

来到住院部，打听了徐大江所在的病区和房号，爸妈本想先找他的主治医师问一下病情，我知道他们是担心我，怕他是"武疯子"，一言不合动手打我，但主治医师在看诊，没找到。护士告诉我们说，病人有人格障碍和偏执性精神疾病。

我妈问护士："医生，人格障碍和偏执性精神病是什么病啊？有哪些症状？"

"徐大江啊，偏离正常社会认知，对周边人物环境适应不良。人格障碍的形成并非一朝一夕，自身官能和外界环境都有影响，长期内外合力的高压令病人痛苦不堪，倾向逃避现实，沉浸在自己的世界里，产生妄想。你们都清楚他的案子吧？其实案发前他的精神状态就已经不太好，突然发生的过度刺激让他走入极端，发生攻击行为，导致不幸。不过，经过几个月的治疗，目前总体情绪还是稳定的，药物控制得很好，行为也很平和。适当的良性接触可以视为治疗中的一部分，我们鼓励好转阶段的病人见一见往日关系良好的亲友。就是记得见面时不要提任何会刺激到他的事，聊聊家常就好。那一层楼的病患现在都集中在四号病区楼下的小花园里晒太阳，你们可以去那里找。"

要控制探望者人数，爸妈就留在院区大厅，我一个人前往花园。一切看起来很祥和，穿着病号服的精神病人们分散在花坛边树荫下，有的还三两交谈，彼此关心治疗进度，就是花园里身强体壮的男护士比较多些，来回踱步巡视。

"徐大江啊，他在那边长椅上。"男护士手指了一个方向，略微打量了我一下，大概很少看到有我这个年纪的女孩来精神病院探望病患吧，"你和徐大江是亲戚还是同学？除了他母亲，只有以前学校里的老师来看过他一次，但他完全不记得他们了。"

"我是他朋友。"我牵动嘴角答，远远望见一个瘦长的人影独自端坐在一棵大树下的长椅上，向护士道谢后朝他迈步过去。

一年多未见，他明显长高了，可依然瘦，依然脸色苍白，长时间抬头望着天，神情木然。我慢慢地走近他，他缓缓放低视线看向我。我让自己一点点映入他的眼帘，不确定他是否还认得出我。

"小七。"他说，一点像是微笑般的东西浮上颜面。

"六哥！"原来他还记得我，我笑了，随即又觉得朋友得精神病了我还笑，未免太不厚道。

"你也来啦。"他说，眉梢眼角的笑意更浓了。

"啊……嗯，我也来啦。"本想说，我是来看你的，但接下去怕是要辩论我和他到底谁是精神病，这种蠢事只在小学四年级我和大头王吵架时发生过，辩论完双方都挺累的，怀疑自己马上要变精神病。所以还是算了，来就来了吧。

"来。"他拍拍身边空着的长椅，就像以前在七叶草里坐在地上一样，"我早给你留了位子，一直等你来。"

我坐下去。他在笑，一瞬间，我却想哭了。

"唉！"他轻轻叹了口气，"我们到底还是被他们抓住啦。"

"他们？"我愣了愣，随后记起他总是在躲避的"黑衣人"，记起他对我说过的话：对很多人来说，像我们这样的就是异数、是病人、是世界的不安定因素，应该被关在不见天日的黑洞里，永生不能出来兴风作浪。黑衣人跟踪我，想要把我控制起来……想想真是汗毛倒竖，那时他就预言了自己未来的命运。

"我一直等你来，又希望你不要来。你来了就说明你也暴露了，被他们抓住了。可你来了我就不孤单了……"六哥十分惋惜地看看我，过了一会儿又显得很高兴，"好吧，我们一起想办法离开这里。"

嗯？飞越疯人院吗？我不知道如何作答。虽然那部电影的最后，身为正常人的主人公死在疯人院里，但名叫酋长的精神病患逃了出去，带着希望，逃向丛林，直奔自由。

"小七，他们都以为我们疯了。也难怪，我们和他们根本不是一个世界来的人。我的使命完成了，我用超能力打败了比鬼还可恶的力量，是该回去的时候了。刚才我就在用念力向母舰发送脑电波信号，今天天气好，干扰波比较少，求救信号可以传送到三十八万公里外。是你告诉我的，月球上有我们的基地。我俩是来自同一个外星球的小孩，地球只是星际旅行的一个站点。每到一个站点都有一个秘密使命在等待。我在地球的使命完成了。小七，你的使命完成了吗？"

## 10

几个月后的10月26日，六哥生日那天，我又去精神疾病控制中心探望，却得到"他走掉了"的不耐烦答复。

我张了张嘴，没有再问下去。他走掉了。是完全康复，被母亲接出院去，还是发生意外身故？傻傻地，我更愿意相信是月球上的基地接收到了他的脑电波信号，派来飞碟接走了他——以不可思议的方式完美飞越了疯人院。

回家时我绕路去了次七叶草书店，站在店门口没有进去。当时谁也猜不到，十多年后因为网络、手机、平板、App的极速繁衍，阅读方式发生了翻天覆地的改变，纸质书市大幅萎缩，许多书店支撑不下去关门，包括七叶草。而在1996年，它还是盗版漫画书发售的陆地巡洋舰。

我站在书店橱窗前，静静地看到玻璃上映出的我的人影，也看到六哥，就如同第一次见面时一样，他手里握着本车田正美的《圣斗士星矢：冥王哈迪斯卷》——《毁灭！沙罗双树园》。

他用书本掩着自己的下半张脸，对着我微微笑。

诸行无常，盛者必衰……花开花落……再灿烂的星光也会消失……这个地球、太阳和银河系，就连这个大宇宙也会有消亡的时候……人的一生，与这些相比，简直是刹那间的事。战斗和受伤，笑与流泪，喜悦与悲伤，爱谁，恨谁……最后都要归入死亡的永眠。

我的身份，他们终究还没识破。我的使命，是爱我的家人，也感受他们的爱。现在尚未完成。期待在遥远星系的尽头再会吧，六哥，我的朋友。

我永远不会忘记，地球纪年1994年的夏天，在一家名叫七叶草的漫画书店里，我们曾经全身心投入地创造出，一份只属于你和我的秘密、燃烧和浪漫。🅣

《我所懂得的燃烧与浪漫》
夏无觞 / ILLUSTRATION

**三叶草漫画店 / 七叶草漫画店**

三叶草漫画店的原型是四川希望书店，曾经最早最新的漫画、《画书大王》杂志都由他们发行。七叶草漫画店的原型则是多年前开在上海本溪路上的一家小书店。

**《幽游白书》**

日本漫画家富坚义博于 1990 ～ 1994 年连载完成的漫画，讲述十四岁不良少年成为灵界侦探在人界和魔界战斗的故事。

**《圣斗士星矢》**

日本著名漫画家车田正美于 1985 ～ 1990 年连载完成的漫画，1986 年改编而成的动画在日本播出后，成为风靡全世界的作品。《冥王哈迪斯卷》讲述星矢等青铜圣斗士与冥王哈迪斯的冥界圣战。

**《JOJO 的奇遇冒险》**

日本漫画家荒木飞吕彦于 1987 年开始连载的漫画，讲述了 JOJO 家族不同代不同人用自己的特异能力在不同的世界背景中进行战斗与冒险的故事。

# 春光坍圮

·········· TEXT ··········

王一

当我站在瀑布前，觉得非常地难过，我总觉得，应该是两个人站在这里。

——黎耀辉（《春光乍泄》）

- 1 -

我一直以为，如果字字皆有分量，那"父亲"二字于我，大概能有三钱重。

待回到老家，站在父亲遗照面前，看着黑白照片里和我酷肖的脸，才知道原来他之于我，只剩这张相似的轻薄脸皮。

但其实当初已经撕破了脸，那就已经什么都不剩了。我不无自嘲地想道。

从灵堂回到妈妈家。我脱下外套，和陈叔打了个招呼，啜了一口茶，问妈妈："哥要回来吗？"

"说是明天或者后天回来。"妈妈顿了一顿，好像在解释什么一样，"不管怎么样，你还是得回来这一趟的——免得外面人说闲话。"

我笑了一笑，说："刚好快要到年关了，我就把年假也用了，在家里直接待到过年。"

"那……家诚呢？"妈妈小心猜测道，"他没请到假？"

我笑了一笑，说："我们最后也还是分开了。"

妈妈面色黯淡下来，没有说话。

我暗恼自己多说那一个"也"字，却一时也找不到话补救，场面一下子冷清下来。

我自认愚鲁，从来不知道感情应该如何触碰，也不知道怎么表达。因此我想，虽然还不知道究竟是哪里不对，但我和家诚之间的问题，大概多半是我不对。然而看妈妈的神色，估计是又钻进了死胡同。

早在三年前，哥哥离婚的时候，她就好像比哥哥还要难受。

然而那个时候的我和现在一样，不觉得她有什么难过的必要，更好像想不出应该怎么安抚她，只好冷眼旁观，缄默不语，假装没有发现她心里暗潮翻涌。

- 2 -

这很多年，我一直都不太懂得妈妈，也从不愿花心思去懂得她。

到后来我长大成人，远走高飞，和她之间的距离也随之越拉越远，好似时间一样任意延展的柔软，能轻而易举地从1999年拉远到眼下这一年。

世纪之交的夏天好像浓缩了很多的失意。妈妈和陈叔叔交往几年以后，生活在了一起。哥哥正在外省念大学，我却高考失利，被丢在家里。血脉相依的家里突然闯入一个陌生人，我却感觉自己才是多余的那个。一时间手足无措，本就昏沉的日子，更像卷进洪流一样无力奔逃。

那时好像每个人都对新的千年充满热望，总有新的希望和奔头。唯独我过得浑浑噩噩。旧的一天过去，旧的一年也过去。可是明天也好，明年也好，好像还是会透支失望，还未到手就已经折旧。

妈妈没有责备我考试失利，也没有逼迫我回去继续念书，只是问我到底有什么打算。我思来想去，想不出有什么可以干的，干脆从她手里接过以前开的录像厅，打扫一番，重新开张。

"二楼还有小房间，我就顺便搬出来住了。"我坐在小馆子里，隔着一张桌子，对爸爸这么解释道。

他不吭声，闷头稀里呼噜吸溜面前的肠旺面。

他来给我送钱。那是我成年以前最后三个月的抚养费，原本是去年12月该给的。被妈妈不停打电话催着，爸爸还是到了8月才捏着白信封来找我。

我宁愿猜他又遇到了什么困难。毕竟在我看来，他虽然穷，却是老实人，和妈妈完全不一样。

离婚以后没多久，妈妈就辞职下海经商了，开过录像厅，后来倒腾了两年服装，现在又开着歌舞厅，拖着哥哥和我，也依旧踏着时代的浪潮，长袖善舞地往前奔。反观爸爸，仍旧留在警局，按照他的话说，"捧公家的铁饭碗，吃十年如一日的拌干饭"。

他把一碗面条吸溜完，问我："那你现在没有和你妈住一起了？"

我点了点头，心里还抱着点说不清楚的期待："她和陈叔住一起。我住在那儿，怎么说啊，有点尴尬。"

他思忖一会儿，说："那你一个人住，注意安全。"

一击不中，我继续撒谎试探道："但是妈妈说她不再给我生活费了，让我赚多少吃多少。"

他打了个哈哈，说："你妈就是吓唬你呢。反正你啊，就是安全为上，赚钱什么的，你还不到操心的年纪。"

我心下失望，嘴里却只是含含糊糊应了一声。

半晌无话，不知是怕尴尬还是怎样，他又劝我回学校复读："你这个年纪，不读书，以后怎么办？"

我一时没有忍住，不硬不软顶了一句："好像我要回就能回似的。不管怎么着，读书要钱啊。"

爸爸面皮垮下来，撑出一架子伸头缩尾巴的威严，一开口照样泄了底："都说了你这个年纪不是赚钱的时候，再没钱你妈会养不起你？"

我低下头，把手掌里攥得发皱的信封一点点抻平，要榨出一星半点稀薄的暖意，应了一声，还是不说话了。


其实我和爸爸说的话也不全是试探。

虽然妈妈从来没有过再也不管我的意思，可是半大年纪里，遭遇那时所能想到的最大失败，家里又突然多出个陌生男人。我的心里好像也突然多出个疙瘩，剖开来，外层裹着莫名的疏离，内里尽是不愿再做附属拖累的无谓自尊。

我只能这样心怀不甘地过下去，反正再多不甘，都还只是埋在心里。

1999年，大家家里都买了影碟机，录像厅的生意不像前几年那么红火，事情却也少了很多。但是我懵懵懂懂，什么都不会，各方打点，种种事宜，都是麻烦。我年纪小妈妈也不放心，于是干脆托人雇了一个本地人来帮忙，叫老张。老张说是来帮忙的，实际上收钱换碟，应付临检，甚至门口小展板上耸人听闻的片名，都是他负责了。三百五十块管吃管住，就买断他一月的生计。

我没有什么事情做，也混在客人堆里看录像。录像厅里狭窄昏暗，汗味和烟味在闷热里发酵，憋出一股子陈年的酸劲来。成日里放的都是港片，白天放武打动作片，"爱多DVD"蓝屏过后是李连杰和周润发，到了晚上，就放几部周星驰。晚上十二点一过，黑暗的闷热里迸出零星喊声："换碟！"

这个时候我就自己退回楼上去了，把楼下涌动的热度都留给李丽珍和叶玉卿。

回到楼上，反锁了门，嘈杂声都被隔开，潮热却像触手一样，从竹帘的缝隙里爬进屋子，爬过草席上枯草的裂口，爬上手腿的每一寸皮肤，把轻薄的织物尽数按压在身上。在这窒闷之中，睡衣好像也被均匀按在了周身，唯独绕开双眼。我在床上翻来覆去，还是难以入睡，干脆爬起来自己放碟。

放的是《阿飞正传》。荧幕里张国荣狡黠无赖地同张曼玉搭话，眼角眉梢尽是春意暗涌，我却好像因为看过太多次，完全沉不进剧情里去，任自己放空，想着白天和妈妈的对话。

"都好的吧？"她问我。

"好的。老张什么都处理好了，我只要等着收钱就好了。"筷子在油汪汪的盘子里划拉着，我回答道。

"你也要自己留个心眼，别老张说什么都信了。"妈妈挑着眉，道，"本来我是不想让你搬出去的，又不放心……"

我想起早先听到老张同他在外打工的老乡的电话，张了张嘴，却还是什么都没有说。

"那晚上要不要和我一起去吃酒？"妈妈看我不说话，继续说道，"就是李阿姨家，她儿子重读了一年，考取学校了——其实你也认识的……"

我没等她说完，闷头闷脑就打断了话头："我不认识啊。你的朋友请酒，你自己去就好了。我不去。"

她又说起"朋友家的孩子重读一年考取学校"，但我还是一副领会不出弦外之音的样子，甚至要将"你的朋友"和我分出一条楚河汉界。

既然你要先扯进来一个外人，那我就去做另一个外人好了。我内心不无恶毒地这么想。

就是从这开始，我对妈妈的想法看得清晰，却要假装一叶障目，把残存的那点温柔全部遮掩起来，唯恐露出一丝半点。恰恰相反，难得见爸爸一次，却总要强打起精神，做出一副关心的样子来。内心热切时脸上结着霜，胸中熬着苦药嘴里却抹了糖。夹在缝隙里，我把自己活成了一把香料，左右平衡，唯恐对他们露出一点冷热咸淡，巴不得挑不出半丝分明爱憎。

— 4 —

小镇的晚上漆黑。我靠在窗台边，看着没有月亮的闷夜，风吹在脸上都带着令人窒息的热意。看样子是要下雨。背后的电视里阿飞正在同养母对峙，一个要离开，一个要他留下。

身边的人好像和他们都一样，对于自己和他人都有明了的规划，唯有我，站在暗夜里，像一团面目模糊的影子。白天和妈妈不欢而散时，她的质问好像又在耳边炸响："养了你这么多年，你到底还想怎么样？！你是不是真的随根随种，非得一辈子没出息才开心？！"

我也不知道我到底想怎么样，也不知道我想要做一个什么样的人，更没有清楚地认识到爸爸到底是什么样的人。

印象里的爸爸还是一个混沌的影子时，他就已经离开了家，我对于他没有很深刻的印象，便也说不上爱恨。只是有一个爸爸，大概总是比没有好吧。我心里这么想的，于是每年的几次见面，也变得弥足珍贵起来。

　　浅薄的回忆里，爸爸大概还是很高大的。正是因为高大，寥寥可数的几次见面，他困顿窘迫的样子却也显出些不羁来。我大概是十岁的样子，他从贵州出差回来，跟我说他去的瀑布。

　　"要走很长一段山路，走到半路就能听到声，好像打雷似的。"他兴致勃勃地说，"走到瀑布底下的岸边，忘了撑伞也没带雨衣，我们被溅起的水淋了个全身湿透！结果往回走到一半，衣服差不多半干了，却又下起大雨来。跑回车站的时候，每个人都湿淋淋的，一整天净泡水里了！"

　　他还是坐在小饭馆里，背后负着满城春色，难得大方地多给了我两百元零花钱，更难得大方地给我许下诺言："但也没关系，这样等以后带你和你哥去的时候，我就记着多带几把伞了！"


　　我好似被梦里爸爸背后的春光迷花了眼，醒来时仍然晕头转向。

　　电视里《阿飞正传》的碟片翻来覆去不知重放了多少次，我却是被楼下的观众砸门的声音惊醒的。为了防止半夜临检，老张晚上总要把院门锁上。通宵包场的客人不用出去，也不必担心有人混进录像厅。早上再把门一打开，花几块钱便消磨一夜的客人们便作鸟兽散。然而今天不知怎么回事，老张并没有开门。看腻了衣衫轻薄女演员的观众们好不容易熬够了钟，结果发现自己仍然被锁着，于是用力砸楼下院子里的大铁门，可是老张还是毫无反应，反而把我惊醒了。

　　我急匆匆跑下去把大门打开，再绕到老张住的小屋里，发现小黑板上昨天《魔窟倩魂》的粉笔字依旧张牙舞爪，人却不见了。用来放票款的抽屉已经被撬开，里面空空荡荡的，一应行李和值点钱的东西，也全都跟着消失了。

　　看着面前凌乱的屋子，我心里却毫无意外，甚至泛起一阵莫名的期待——也许自从向妈妈隐瞒老张在电话里答应同他老乡一起打工，我就一直无意识地等着这个时刻，而直到这一刻真正来临，我才终于意识到我为什么要隐瞒。


　　我迫不及待地冲上楼，拿起电话就打给了爸爸。

电话响了几声便被挂断了，我放下听筒，双眼盯着电话机，身体颤抖。

等了几分钟，没有等到爸爸回拨过来，我便又打了过去。

这次爸爸接听了，听声音还是睡意蒙眬的样子。我语速飞快，将老张的事情极尽夸张地说了一遍，他的声音立刻就清醒了："你没出事吧？"

"我人还好，没什么事。"我压制不住声音里的颤抖，似恐惧，又似激动，"但是我很害怕。我不知道怎么办。"

他沉默了几秒。在这几秒里，我的身体好像被一只巨手攥住，兴奋迅速平息了下来，取而代之的是胸口被挤压的憋闷。我模模糊糊听到他说："张阿姨今天生病了……等爸爸今天送她去医院看完病再来看你……"

我张了张嘴，仍然抱着一点希望："但是我真的很害怕。"

爸爸不说话了。

我应该已经习惯了这样的失落，却从未感觉到这失落真切的重量。我说："但是老张把钱全部偷走了。我这个月应该怎么办？"

"都让你不要耍小性子了！"对面的男人好像早就猜到我会这么问，迅速回复道，"还这个月怎么办，你就不该自己跑出来！快回家去！"

"又让我找我妈去是吧？"我气急败坏，"什么都找我妈，那你这个爹是干什么用的？我长这么大，是喝风长的吗？我怎么有你这么个窝窝囊囊的爹！"

最后我忘记了我们是怎么恶语相向，我又是怎么回到妈妈家里，答应回去上学的。

大概我的血管里流淌着来自父系的天赋，对于这些失落和耻辱，总能轻易地从回忆里抹掉。还记得的，只有那天二层小楼上吱嘎吱嘎摇头的电扇，还有这嘈杂声中，荧幕上张国荣走在树荫里的背影，那背影里存放着落空的希冀，又失落又彷徨。

旁白绕过了争执和风声，一直刻在画面里：

"当我离开这房子的时候，我知道身后有一双眼睛盯着我，但我是一定不会回头的。我只不过想见见她，看看她的样子，既然她不给我机会，我也一定不会给她机会。"

我从来都不潇洒，做不到这样孺慕又绝情。我给过很多机会，多到忘记了自己应该抱有怎样的期待，多到最后只有满怀落空的期待。

– 5 –

2000年7月，我第二次高考，离开了家乡的小镇。

2003年4月1日，张国荣因抑郁症跳楼自杀。

2006年，我辗转来到香港工作。那年4月1日，我在文华酒店楼下站了许久，没有献花，因我对张国荣仍所知甚少，难以荣迷自居——我只不过是曾将自己寄居于"阿飞"身后的一隅，所悼念的也不过是那荧幕里林荫道上一个落魄的背影罢了。

2009年春节前夕，爸爸去世。我在灵堂上神色麻木。回到妈妈家里，躺在床上，想起很多年前的种种，却终于掉下泪来。

– 6 –

我也不知道我究竟是为谁落泪。

或许是为曾经荒谬的期待，又或者是为那段自毁的荒唐岁月。那时我还不懂得，并不是每一个人都值得寄托希望。

识人不清，希望太多，或许盼到何宝荣，或者是旭仔，然而更有可能等到的是十二少。

只不过是失望与失望透顶的区别罢了。

第二天哥哥赶了回来。又过了几天，满了头七，我们跟着灵车开到了火葬场。

爸爸的棺木被推进了屋，我们就站在外面等。和头一年冬天凝冻不同，今年没有下雪，路面也没有结冰，只是不停下雨。天空从暗淡的云层边上垂下来，淅淅沥沥落在我们的沉默之间。

我回头望了望妈妈和陈叔，悄声问哥哥："他们为什么过来？"

"妈妈要来的。她这个人……你也知道……"哥哥说，"如果不来，她反而会觉得对不起谁似的。而且毕竟爸爸……也不是喜丧，她说以前的恩怨就这么一笔勾销了，来送他最后一程。"

　　"不是喜丧？"

　　哥哥闻声看了我一眼，讶然道："你都不知道爸爸是怎么走的？"

　　我摇头，低头躲开哥哥的目光，觉得自己好像应该感到羞惭，毕竟是自己的父亲。可是又转一个念头，是爸爸先丢下了我，我又有什么义务要去关心他怎么死的。于是我又理直气壮起来。再抬头，哥哥却没再看我了，眼神落在墙角。

　　我顺着看过去。几个泥点子交叠在一起，面目相似，不知哪个是昨天溅起的，哪个是今天新生的。

　　"说是喝多了酒，回家的时候掉到河里去的。"哥哥说，脸上也没有一点伤心的影子，"啧……你也是，好歹问一声啊。"

　　我心下冷笑："我回来就不错了，还是妈妈非要催我，我才回来的。"

　　"唉，这倒是。你那些事情也是挺烦的，妈妈可能也就不想给你添堵。"哥哥没有听懂我的意思一样，喟叹道，"你和家诚是什么问题啊？"

　　"我不知道。"我故作轻松地耸耸肩膀，道，"反正……就是那样吧。你也知道，有时候两个人分开，不一定是有问题的。"

　　"是没有问题，还是不知道问题，或者说是你装不知道有问题？"哥哥瞟了我一眼，突然丢出一个我无法回答的问题。

　　我哑口无言。


　　还好哥哥也没有在这里纠缠的意思。他点了根烟，我问他借了下火，也抽起烟来。

　　火光明明灭灭，落在铅灰色的背景布里，终究是一星子暖意，把我们之间的沉默都驱逐开。哥哥清了清嗓子，好像忘了刚才的问题一样，劝诫我说："咱们这样……妈妈挺自责的。"

　　我讪笑，装作一无所知的样子，说："儿孙自有儿孙福。她自责什么啊……"

"她问过我，说咱们这样，是不是被她和爸爸影响的。"哥哥抽了口烟，皱着眉，说，"她就是爱胡思乱想。咱自己的事，有她什么事啊。"

我暗自心惊，却不是因为哥哥的话。其实对于妈妈的想法，我心知肚明，只是佯作不知——她的问题，我不知道答案，也不知道应该怎么解决。

令我惊惧的，是哥哥刚才敷衍的回答和闪烁的神情。他和我同样继承了爸爸的长相，而这时他做出这番神色，竟好像往日重现，爸爸的旧日灵魂附着在了他现世的肉体上，操纵着他做出爸爸惯常的神色。

我更好像也看到了自己——我一直以来也是这样敷衍闪烁地应对着周遭，生怕同人发生真正的关联。

爸爸、哥哥还有我，血脉相连却从不亲近，毕竟血缘并没有义务将淡薄亲缘相连。

然而子女肖父，血脉却能决定眉眼相似的脸皮和日益相近的性情。

爱憎不得，进退维谷，在这之间，我和哥哥却都越来越像爸爸。

- 7 -

躲躲藏藏这许多年，我终于逃不过内心的围猎，不得不直面和爸爸越发相近的懦弱畏缩。

这么多年，无论是对家诚，对哥哥，还是对妈妈，我一直不愿面对我们之间的问题，害怕对任何人再抱有期待，也害怕任何人对我有所期待。我怕期待太沉重，怕别人担不住，也怕我自己担不住。怕冷遇怕亲密，怕他人怕自己。

我怕再遇到爸爸那样的人，我怕自己果真是爸爸那样的人。

我似乎一直没有从那个二层小楼离开，这么多年过去，依旧过得浑浑噩噩，战战兢兢，胆怯躲藏在愚鲁之下，温暾人却埋着最凉薄的心思。浑噩惧怕中，我假作粗疏，心却真实地冷硬起来，且好像逐渐习惯了。

直到我亲眼看到，爸爸只能蜷在一方骨灰盒内，曾经的高大身躯全化作泡影。

原来惯于逃避的人生燃尽了，甚至不到三钱重。

我这才开始为自己的怯懦感到羞耻和后怕，内心也开始考问自己：

你究竟要做什么样的人？

– 8 –

过完年，和妈妈告别时，我笨拙地拥抱了她，附在她耳边告诉她，我打电话联系过家诚了。

她面色惊诧，好似全不习惯我同她这样亲密坦诚。

其实我也不习惯。但是人生每个第一步，都走得笨拙而不习惯，以后慢慢会好的吧。

我仍不知我该做什么样的人，也自知没有天赋做轻易同往日和解的人，但我至少可以学着不要再成为另一个爸爸，不要再以怯懦为刀刃，伤害要亲近的怀抱。

既然爸爸已经走了，那就早一点让他的印迹也一起消失吧。

年假还剩两天，我买上机票飞到贵州，去了爸爸提到过的瀑布。

那里的冬天同样阴冷湿润，天空也掉着雨水。我带了伞，却还是浑身湿透。山路泥泞，我一步一步慢慢挪，仍然独自走了下来。

《春光乍泄》里黎耀辉说，他站在瀑布下，突然好难过，总觉得应该是两个人站在这里。但我一个人站在那里，却也并无不适，只看到朦胧岁月里，爸爸身后那一隙春光，在这山色水汽中，迅速皱缩，垮塌。

它早该不留下一点痕迹。Ⓣ

·2000 年以前·

## 录像厅

20 世纪 80 年代，周星驰、周润发、刘德华主演的大量港片以录像带的形式传入内地。录像厅由此成为当时年轻人热衷去的地方。90 年代后期，随着 VCD 和影碟机的普及，录像厅逐渐没落。

## 《春光乍泄》

由王家卫执导，张国荣、梁朝伟、张震主演的文艺片，于 1997 年 5 月 30 日上映。

## 《阿飞正传》

由王家卫执导，张国荣、张曼玉等主演，于 1990 年 12 月 15 日在香港上映。

《春光坍圮》
夏无觞 / ILLUSTRATION

# 消失的哆啦A梦和纱奈勒

·········· TEXT ··········

项斯微

在我认识的人里，并非大富大贵的马妖妖却是拥有最多CHANEL包包的。她眉眼细长、身姿摇曳，哪怕拇指外翻也踩着七厘米高跟鞋出门，或手拎、或单肩、或斜挎一只小巧玲珑的CHANEL，常备的255就有三种颜色，其中还有一只是法国来的古董款。

我总笑她是标准网红打扮，瞄准海天盛筵去的。她则翻着白眼回我："侬懂莫懂。我爱CHANEL，CHANEL使我快乐。"CHANEL她是一定要读成类似"纱奈勒"的发音。她曾经告诉我读成"香奈儿"的都是乡下土豪，不配背有历史背景的包包。

好像她自己很有历史背景一样。

谁能料到我刚认识她那会儿，也就是在我们刚刚读大学时，她还是个穿着白色长裙配球鞋的朴素女子——她这身打扮甚至早于安妮宝贝写出《七月与安生》时。马妖妖唯一不如安妮宝贝书里的女孩的是，她并没有光脚穿球鞋。热爱整洁的她在白色球鞋里配的是一双灾难性的白色棉袜。而压垮这身搭配的终极稻草是一只蓝色的哆啦A梦书包，她大一时拼死拼活在华亭路外贸服装市场抢来的。

她经常穿着这身在校园里晃来晃去，自以为是伤春悲秋的女子，但是在我看来就是个奇葩。

算了。谁没有年轻过呢。想起那时候我还有点羡慕她那只哆啦A梦书包——书包做得其实很精巧，哆啦A梦的口袋被做成了一个搭扣。每次去包里拿东西都感觉好像要掏出什么法宝来一样——但马妖妖没有宝贝可掏，她最喜欢掏出来的是一本《法语辞典》。她说没能考上法语系而被调剂到了中文系是她一辈子的痛。

毕业十年后，马妖妖总算抛弃了过去，成为"纱奈勒"的忠实拥趸，可以流利地指出街上某个女人背的255、Boy或者CF是不是假的，并且住在华亭路附近一间虽然只有四十平方米却拥有浴缸的体面公寓里。

六楼的公寓里望出去是典型的上海弄堂风景，窗明几净，春天有梧桐树飞絮漫漫，据说，在Airbnb上这类房子很是抢手。房子离她当年抢购外贸服饰的华亭路服装市场很近，只是这曾经的上海时髦青年眼中的扛把子早已被拆掉，就连后来居上的襄阳路市场也变作了shopping mall。世界早已经不是我们少女时的样子了。

马妖妖把她的包包们都整齐划一地放在卧室的书架上，下面垫着防尘袋。书架则正对着马妖妖的床，以便每天醒来她第一眼就能看见自己的全部资产。

我有天开玩笑地问候她那只哆啦A梦书包去哪里了，她不答，一丝忧愁竟然浮上了她的面庞。

我觉得我肯定是看错了。

周末，店里不太忙的时候，我偶尔会去马妖妖楼下的咖啡店和她一起吃个brunch。

"罗，你知道哇，我妈很早就同我讲过，单身女人但凡自己住进了一个超过六十平方米的房子，就再也嫁不出去了。"马妖妖一边对着盘子里的菠菜水波蛋痛下狠手，一边老生常谈着。

"放心，我独自一人也买不起超过三十平方米的房子……"我喝着Double Espresso瞄着窗外。窗外走过一两名猥琐的大叔，对我展露出欣赏的笑容——这就是我在这个城市的现状——最受中老年男士欢迎的丰腴女子！

"但是我妈也说过，女人体重但凡超过了一百斤……"她上下打量我几眼，喝了口耶加雪啡，"美女不过担你知道哇。担在古代就是一百斤……"

"同学，我读的也是中文系好哇。"我冷冷地打断她，上下打量她一番，然后吐出一句，"我有胸，谢谢。"

嗯，难怪猥琐大叔还是比较喜欢我。马妖妖还是在高级知识分子中间更受欢迎。

其实在大学时代，我和马妖妖走得并不近，只不过因为住在一个寝室，而有了更多打量对方详细生活的方便之处，这种方便，有时候是种负担。

马妖妖是我不喜欢的那类女生，她眉眼过于细长，十足是一个心机婊的长相——并且也没有美到让人服气的地步。大学时大家都没什么零花钱，但是作为我们班级的打工皇后，马妖妖的吃穿用度都很讲究，也就更拉远了我们的距离——哦，错了，没有吃。从大学起，马妖妖就很少在吃上花什么心思，她总是在减肥，我很少在食堂或者学校后门看见她那盈盈一握的身姿。有一次在寝室里我看见她又捧着一碗白水大白菜在细嚼慢咽，实在忍不住就问她："你不饿吗？"她冷哼了一声回答我："你这不是废话哇？"

如果她答："不饿。"我倒是要看不起她了。而那一刻，我心里多少对她是有点敬意的。

但是这崇敬之意很快随着马妖妖的索邦男友而破碎了。

从大二起，同学们都抛弃了大一的矜持，加入了校园的恋爱队伍中，扑向了体育系、软件学院，或者教授、辅导员。有一天中午，马妖妖在就着白菜看琼瑶小说的时候，寝室电话突然响了。

"我的我的。"马妖妖饿虎扑食一般扑向了话机。

"Hi"了一声之后，马妖妖突然像中风了一样脸色潮红了起来，并且接下来就对着电话那端说了一句让寝室里所有人都目瞪口呆的话："How are you,baby?"

那句小学常见英文，将我们其余三人震得五马分尸、天崩地裂。接着，马妖妖继续操着她那怪异的口音，对着电话转了半小时英文。

具体内容我也记不清楚了（四级英语我考了两次才过）。但是面色潮红的马妖妖我忘不了，她白菜也不吃了，琼瑶也不看了，手也不知道该往哪里放了，一直西施捧心般捂着脸颊，让我和晓庄还有瓜瓜连连称奇，似乎连窗外的樱花都比不上她娇艳。

怪不得马妖妖总说学校里的男生她一个都瞧不上，就连那个人见人爱的校园十大金曲歌王她都觉得人家长得不像《美少年之恋》里的吴彦祖而更像冯巩，敢情她的目标是这样的international啊！

等马妖妖挂了电话，我们三个也像饿虎扑食一样团团将其围住，逼迫她交代和外国友人的友好细节。马妖妖白了我们一眼："谁说我是和外国人谈恋爱了，在我们这儿混的外国人都很穷的你们懂不懂啊。我男朋友只不过是在索邦大学读书罢了，他刚从法国给我打电话好吗？"

"他不是外国人？"

"本市人好吗？"

"那你们干吗说英文？"

"他想帮我练习英文不行吗？以后我们还要争取在电话里说法（fa四声）文呢！"

那之后，索邦男友皮埃尔的电话也不是很勤，毕竟国际长途也是贵到无法想象的，倒是马妖妖特别喜欢在寝室里和我们分享远在巴黎的一切。她男人如何如何优秀啦，专业方向如何如何牛×了，在巴黎过得如何如何奢靡啦，都说得有鼻子有眼，法棍和咖啡香扑面而来，听得我们既神往又有点恨了。我们寝室几个人里，只有晓庄高中时去过美国，我高三暑假去过新马泰，哪里见过欧洲那么大的世面啊。

还好，每次说完这些，马妖妖都摆出了一副"苟富贵无相忘"的朋友义气，向人间撒下承诺："等我们家皮埃尔今年回国时，我让他请你们吃饭，就去外滩的和平饭店好不啦？皮埃尔说只有那里的西餐还算是不错，对了，我们还可以开瓶香槟。"

说得整日流连在后门东北烧烤的我直冒星星眼。外滩欤，西餐欤，香槟欤。

但是，等过了一个春，又等过了一个秋。马妖妖的索邦男友始终都没有在我们的校园里现身过。马妖妖倒是号称自己利用一个暑假去了趟法国，给我们每人带回来了一个凡尔赛钥匙扣。"以我的品位，怎么可能送你们卢浮宫钥匙扣。当然是凡尔赛。"她言之凿凿地宣称。可是我看不出来同为钥匙扣，凡尔赛比卢浮宫高级到了哪里去。尤其是好几年以后，华亭路市场拆除前我去逛了逛，在一个摊位前发现了世界各地钥匙扣，从凡尔赛到自由女神到比萨斜塔应有尽有，只卖4.99元，还买三送一。

我问马妖妖，她在巴黎拍照了吗。拿来给我们见识见识。她磨叽半天，从包里翻出一张马卡龙的法文商品介绍卡，说："喏，巴黎老店，在CHANEL女士住的酒店那一条街道上，皮埃尔带我去吃的。马卡龙，甜是甜得来要死。皮埃尔说，就是要这么甜，配expresso才是最棒的。而且马卡龙那个酥皮有多难得，你们知道吗？"

我问马妖妖，什么是"纱奈勒"，她的眼中出现那种炽热的光芒，烧得我有点害怕。当时，这样的国际品牌还没有进入中国市场，即便连最时髦的华亭路市场也鲜有仿货，只有海外人士才有资格走进奢侈品的世界。我所有打工的钱都投在真维斯和班尼路这样的品牌上，而最大的心愿无非是拥有一件淑女屋的泡泡纱长裙。

多年之后，当我走上了孤独的住家烘焙之路时，我才了解了当时马妖妖至少有两件事情是说对了的：一是，马卡龙这种法式小圆饼的酥皮的确难得，叫作少女的酥胸也不为过，我头几百次烤出来都是失败的空心；二是，CHANEL的确值得迷恋。

但当时当刻，因为吃不到西餐也吃不到马卡龙，我彻底怒了，我粗暴地打断马妖妖说："我不想知道，我就想看一下有人的照片，皮埃尔的照片，行不行？"

背完马卡龙百科资料又开背"纱奈勒"品牌历史的马妖妖脸涨得通红，不看我，只看向瓜瓜，说："你看，这世界上怎么有人这么惦记着别人的男朋友啊。"

　　我气得发疯，打算立刻揭穿这个妖妇的真面目，说出盘旋在我们寝室剩下三个人心中的疑虑："皮埃尔就是你编出来的对不对？给你打电话的就是和你练口语的表哥对不对？你根本没有去过巴黎对不对？"

　　但话还没有涌出口，马妖妖却先我一步行动了。只见她扭扭捏捏地从钱包里掏出了一张照片，并不拿给我，而是凑到了瓜瓜面前，说："想看就给你们看吧。"

　　我正在气头上，没有凑过去看。事后问瓜瓜求证，瓜瓜说："照片上的确是有个男人，穿着条纹衫，长得一般吧……你说，是不是她哪里随便搞了张照片给我们看啊。好歹专业点背后来个巴黎铁塔吧，都不是他们俩的合影。皮埃尔这个名字怎么这么熟啊，我赌一百元皮埃尔是假的！"

　　不管皮埃尔是不是真的，从那时候起，马妖妖倒真的开始用起了一个黑色斜纹钱包，这是她的第一个CHANEL。这个钱包她用了很多年，直到我们毕业数年后重遇时也依然在用，且看着耐用不显旧。鉴于马妖妖毕业后一直在做奢侈品公关，我料想她也不敢用假货。马妖妖当然号称钱包是在法国临上飞机前皮埃尔塞进她手里的惊喜礼物，我对此倒是持保留态度。

　　在我和马妖妖关系还没有那么僵持的时候，我问过她和皮埃尔是怎么认识的。

　　"一个在法国留学的人，感觉都不怎么回中国，怎么就被你碰上了？"

　　或许是我的态度里透露着审问，马妖妖只含糊地回答我，遇到了就是遇到了呗，人总会遇到那个他的。我觉得这个回答看着像是从琼瑶某本小说里直接拷贝出来的。但是随后她反击性地问我，有没有听过林忆莲的一首歌？

　　"哪首？林忆莲所有的磁带我都买了！"

　　"女人若没人爱多可悲……我的生活如此乏味，生命像花一样枯萎……女人啊，还是得有人爱才好。"她斜眼瞟我。

　　我被马妖妖气到说不出话来。

　　皮埃尔的故事并没有就此结束，而是在大学最后一年到达了巅峰。经过了艰苦卓绝的拉锯战，就在所有人都以为皮埃尔是活在童话里的人物，也许马妖妖是按《樱桃小丸子》里的花轮来描述的之后，马妖妖居然向我们宣布，皮埃尔要在这个樱花盛开的季节回国一趟，会请我们全寝室去和平饭店吃饭："他回国处理一下他们家房子的事，户口本上有他的名字，必须他签名才行。市区里的房子，你知道，家族里面都争抢得很厉害。皮埃尔其实也不想争，想着索性给他姑姑家算了，但是老人家不允许，必须得让这个孙子拿最大一份，你们懂哇！听说一套房子是原地变三套……他拿一套，他家……"

马妖妖细长的眼睛里透露出一丝绯色，在她的齐刘海下十分耀眼。印象中她似乎站在风里，穿着马卡龙亮绿色的长裙，如同海外来风，刮进我们贫瘠的生活里。那时她早已抛弃安妮宝贝式自怜自哀的打扮，而把自己弄得鲜亮起来了。很久以后我才知道，就是有这样一种人，一生都在力争上游，绝对不会任凭自己滑落人间，就好似摆在柜台里五颜六色的马卡龙，定要在他人眼里图个精美好看，一生高贵绝不低头。

我已经记不清她究竟说了些什么，也搞不懂房产证那些事，只感到和和平饭店重新恋爱的喜悦之情。后来马妖妖又说，这次皮埃尔回国比较急，买了头等舱："学生坐啥头等舱啦……不过，他说要帮我带一盒马卡龙回来。到时候我分你们一人一个。马卡龙这种东西，又不能托运，只能手提麻烦死了。但他说他一定要帮我带，我想反正你们也没吃过……"

但我们到底是没有等来皮埃尔和马卡龙还有西式大餐，更不要提香槟了。就在全寝室都陷入一种喜气洋洋的春日情绪里时，就在（据马妖妖所说）皮埃尔为他家的房子忙来忙去忙了好几天总算要请我们吃饭的前一天晚上，马妖妖一夜未归。直到当天早上才突然面色沉重、眼角带泪地回到寝室里。那时天都没有全亮，我们三个还躺在床上。一回寝室，她就扑倒在自己的床上，半天也不吭气。只听得她断断续续在哭……我和瓜瓜还有晓庄交换一下眼色，想着该来的总归要来，莫不是晚饭黄了吧？等了许久，马妖妖也没有动静。

瓜瓜沉不住气，爬起来推了马妖妖一下，说："哭什么啊？谁欺负你了？"只见马妖妖抬起她梨花带雨的脸来，对着我们一字一顿地说："皮埃尔出事了。他时差都没有倒过来，连着几天办手续，他……他……他，开车时，出车祸了。

现在还在医院里抢救……"

"什么？"——我。

"不可能吧！"——晓庄

"他还会开车？"——（不合时宜的）瓜瓜

气氛一下子降到冰点。这个结果也太过诡异了，一时间，我、瓜瓜，还有晓庄都说不出更多的话来。我们总感觉有什么事情不太对劲，但是马妖妖这么说，我们也不好直接提出什么异议来。但是那一刻，我心中的疑虑是多过于同情的，并且是在心底翻了个白眼的，再栽回自己的被窝里。末了，我又不甘心地从被窝里爬起来，对着欲哭无泪的马妖妖发出巨大的诅咒："同情你，马妖妖，我们都希望他没事。因为皮埃尔，一定是你这辈子能认识的最好的男人！"哼，我翻译一下，这句话就是说：祝你马妖妖，一辈子没男人！

听了我的话，马妖妖点点头，又继续扑倒在床上，背对着我们。她的背一抖一抖的，我真的不知道她到底是在哭还是在笑还是在练习她的背部肌肉。

那天之后，马妖妖好几天没有回寝室，说是身体不舒服，请假了。她偷偷告诉我们说她其实要去医院守着皮埃尔，看他什么时候能醒过来。我们剩下三个人，正好聚在一起把事情梳理了一遍，越梳理越感觉马妖妖是个影后，我们三个都被她耍得团团转。看多了柯南的瓜瓜甚至提出了跟踪马妖妖的方案。但是讨论了几天之后，我突然感觉到一阵乏力，不想去追究这个谜底了。

一周之后，马妖妖回来了。对于皮埃尔，她绝口不提。我们三个也很有默契地没问。说不清楚是我们三个疏远了马妖妖，还是马妖妖疏远了我们，但很多东西大家都心照不宣。这个在我们大学里难过所有题目的最大谜题就这样过去了。那一刻，我突然懂得了，有很多事情，我们都是无法真正了解到真相的。但比真相更重要的是，不知道真相，原来也没什么大不了的，日子照样过下去。

也许，这就是成年人的世界吧。

只是马妖妖变得沉静了，比以往更加沉静。她在寝室里一坐，就赶紧把耳机塞入耳朵里，我有时候会往她那边瞥一眼，能看到她的walkman里沙沙转动的林忆莲的磁带。

"女人若没人爱多可悲/就算是有人听我的歌会流泪/我还是真的期待有人追/何必在乎我是谁。"

毕业多年以后，我在林忆莲的演唱会现场听她唱了这首歌。当时她把这首歌改成了电音版，听起来不那么柔弱了。但无论如何，林忆莲这首歌对所有女人来说，都太悲伤了。

也是毕业多年以后，当我和马妖妖在职场上重逢的时刻，我并没有一眼认出她。她已经抛弃了她的各色鲜亮长裙，穿起了全套黑色西装，就连齐刘海也不见了，绑成了光光的马尾辫，整个人似乎干练了不少。我想可能是几年的公关工作如宫斗，她摸爬滚打总算抛弃了之前的浮夸之气。

偶尔，在微信朋友圈里，她似乎还是过去那个她，会发点伪善的内容。例如："路边有一只小猫好可怜，我上班实在来不及及时救助，要求旁边散步的路人帮忙救助居然被拒绝了，打110电话也无人理睬，怎么办好伤心，这个世界会好吗？"来博取几个赞，或者"你真善良"之类的评语。也会在一些中看不中用的高大上餐厅自拍并且用美图秀秀处理到令人发指的地步，然后发出一些"超级好吃""太棒了"之类的虚伪赞美。但就连她自己偶尔也会在见面时自嘲说："猛烈赞美一些并不存在的事物无非就是公关狗的日常。"我也不好落井下石，偶尔还是要给她点个赞。毕竟，有什么小型公关活动她也懂得照顾老同学，找我定几十个翻糖杯子蛋糕。

有几次我的确不怀好意也是半试探性地问她要不要吃我做的马卡龙。马妖妖却施展出她顾左右而言他的公关本领草草带过。我心想若是她能坦坦荡荡地讨论过去，彼此推心置腹，也许我和她倒真能收获一份比大学时代更真挚的友谊也说不定，但是马妖妖还是让我失望了。的确，我在想什么呢，这里毕竟是浮华的国际大都市，而马妖妖毕竟是个公关。而我们有过几个看起来推心置腹的瞬间已经是这城市里难得的患难之情了。

"罗秋楠，其他大学同学我都懒得联系，就和你还有一搭没一搭地见面，你晓得为什么吗？"一次公关活动过后，我帮马妖妖把剩下的几瓶香槟连同翻糖蛋糕一块儿送到她家时，喝了几杯免费香槟的马妖妖看似要对我吐露真情。

当然是因为我做的蛋糕卖相好味道好且价格合理又开得出企业发票。当然我没把这话说出口。赶紧抿了几口香槟。

换上丝质睡袍有几分姿色的马妖妖企图透过酒杯和透明的香槟看我，她眼神迷离，终究还是什么也没说。

"罗小姐对股市有兴趣吗？买了哪几只股票呢？"

就在我以为大学时对马妖妖的诅咒真他×灵验的时候，空窗几年的马妖妖居然带了新任男友陈志云来请我吃饭。倒的确是不错的餐厅，有上等的干式熟成牛排、新鲜的白芦笋、龙虾汤。陈志云在包含几十种红酒的酒单中也挑选得自由自在。可惜，他唯一对我说的一句话就是问我有没有股票，在我傻乎乎地摇了摇头之后，这位穿着西装面容不错就是发际线稍微有点往后的青年男子再也没有和我说话的兴趣。他的电话不断，听起来都是些生意经。

马妖妖做出了宽宏大量甚至有点宠溺的表情，让我不要介意陈志云一直无心牛排和谈话全在讲电话的无礼："他们做基金的，就是这样忙。"她那细长的眼睛里居然露出了一丝大房的神色，仿佛刚认识几个星期的他们已经是一对一辈子被金钱利益捆绑在一起的中产阶级。

"这里的甜点很不错，作为甜点师，你一定要尝尝。"马妖妖用那种上流社会的语气来命令我，我立刻毫不客气地点了价值四百多元的甜品拼盘，上来的时候只有一个mini尺寸的镜面歌剧院蛋糕配意大利奶冻冰糕，分子料理做出来的橙沙芝士蛋糕倒是的确不错。不过管他的，陈志云买单时倒是连眉头也没皱一下。事后马妖妖说，她就是极其迷恋陈志云在买单时那云淡风轻的表情，不管是吃一顿五千元的饭还是给她买一个五万元的CHANEL，都如同只是从钱包里抽出了五元钱那样从容不迫。

我能说什么好，我唯一能做的，就是祝马妖妖幸福，并且吃好的时别忘记带上我。

但事情就是在一夜之间陡转直下的，这似乎就是马妖妖的宿命。就当我在家猛烈地搅拌杏仁霜的时候，突然接到了马妖妖的电话。作为一个成熟的公关，马妖妖很少在晚上九点以后给我打电话。但是这电话铃响得迅猛又绝望，在夜里听起来格外瘆人。对于接电话，我也是有种灵感的，就是知道哪些电话必须要接，而哪些电话接起来必定是给我推销那些我永远买不起的房子或者基金。

待我从郊区的工作室赶到马妖妖的住所时，她已经喝多了。瘫倒在沙发前，穿的还是白天上班时的黑西装，裙子被她蹬掉了，只着黑色内裤搭配黑色西装的马妖妖就这样暴露在我面前，整个大学时代我都没有看过她只穿内裤在我们面前晃来晃去，无一不是穿着妥帖的睡衣套装在寝室里出没——虽然那时候的妥帖，也不过就是在外贸市场购买的外贸服饰，不能和现在的社会生活同日而语。

"罗，你听说了吗？"

"什么？"

"你不看新闻的吗？"马妖妖的眼睛看起来很湿润，像是哭过了，看得我的心一抖。她不再像大学时那样梨花带雨地哭了，她现在连哭都是小心翼翼的公关范儿，身板挺得很直，情商高得感人。

我等她说出什么离奇杀人事件，也许比那个不知道到底是否存在过这个世界上的皮埃尔车祸生死未卜还要离奇的事件……但这一次，至少我见过陈志云了，甚至还吃上他的饭了。我安慰自己。

"今天……股市……跌了一千个点。"马妖妖艰难地吐出这句话。

唉，对股市没概念，我也不知道跌一千个点算什么。但我立刻想到："陈志云破产了？"我小心翼翼地问。

"不，破产的是我。"马妖妖露出一个比哭还难看的表情，"我把房子抵押拿去给陈志云炒股了，他居然用了杠杆！"

一向精明的马妖妖，居然把这套陕西路的小公寓抵押了给陈志云做股票，我也是的确没想到。但是马妖妖的解释也很有道理，在她看来，陈志云毕竟只是个刚工作几年的基金经理，年薪虽高，但存款一向欠奉，又不是什么腰缠万贯的大款，他们俩要想力争上游，总得拿些什么出来搏一搏的，主意打着打着，两个人都想到马妖妖这套房子上来了。搏得好，几百万变几千万也不是不可能，至少下半辈子可以安稳当个财务自由的人。而且陈志云看起来又是那样可靠、踏实，买包包不眨眼，给了马妖妖一种幸福的幻觉，她就任由自己徜徉在这幻觉里面了，在这个幻觉里，至少她优美、体面，不用表面光鲜实际上还是要看人脸色地活着。那是马妖妖一辈子都在抗拒的事情。

被清理债务要求搬出小公寓的最后一晚，马妖妖约我去她家聚聚。我心想马妖妖也的确没什么朋友，经过这一役她和陈志云也不太可能继续了，两个人都灰头土脸的了，就答应了。去之前我问马妖妖要不要我带点什么过去，马妖妖破天荒地说："你上次不是说你终于会烤马卡龙了吗？要不给我做几个？"我心想你说得倒是随便，知道烤一批马卡龙需要多长时间吗？烤出蕾丝裙边多么可遇不可求，还和天气、空气的湿度有关系。但我什么也没说，我挽起袖子，细细磨起了杏仁粉。

当马妖妖就着红茶吃着我做的树莓马卡龙时，已经将近夜里十二点。说是要吃，实际上也只是吃了小半个，怕胖，"二十五岁以上的女人，更没有资格长肉了。何况还是我这样不怎么漂亮全靠打扮的女人。"马妖妖居然第一次说自己不怎么漂亮，这着实是一个好的方向。

她家客厅里都是大大小小的箱子，等待明天一早搬走。马妖妖指着其中一箱说：喏，我的CHANEL，也就装了这么一箱，明天我可得亲自押送。

马妖妖还能开得出玩笑，我看出她的抗打击能力不是一般地强，也就释然了。她喝茶的样子也像喝着香槟，似乎就和她的许多个lonely夜晚无缝对接了起来。她邀我一起坐在客厅的飘窗上，企图望向窗外的月亮。可惜，窗外只是黑漆漆的一片，什么也没有。

"上次你说，其他大学同学都懒得联系，就喜欢联系我，到底是为什么？"在马妖妖承认自己全靠打扮之后，我定义了这是一个诚实的夜晚。

"不是喜欢联系你，是会有一搭没一搭地和你联系。"

"差不多嘛。"

马妖妖笑笑，眼神又开始迷离起来："因为，你记得不记得，你曾经大声对我喊过：我同情你，皮埃尔是你这辈子能认识的最好的男人！"

我不好意思起来："你还记得啊？我其实也不是那个意思。但是当时皮埃尔那个事……"我刚想推心置腹地说也太扯了，就看见豆大的泪珠从马妖妖细长的眼睛里掉出来，形成强烈的对比。

她摇摇红茶杯，好似摇晃一杯酒，然后苦涩地说："你说，要是皮埃尔知道我把他处心积虑给我搞来的房子就这样败掉了，会不会怨我，会不会？这房子，他自己还一天都没有住上过呢，为了把房子写上我名字，当时他花了多少心思……但我，竟然也只能最后一次在这个窗边看风景了。"

看着马妖妖，我一句话也说不出来。"皮埃尔，他……你……你们……那他现在在哪里？他到底有没有……"我说不出口。

马妖妖笑笑："我知道，她们都怀疑我。既不相信皮埃尔真的存在，也不相信皮埃尔真的有这么好。皮埃尔后面的事，我也懒得给她们解释。我不在乎她们。总之，那是我最艰难的一段时间，但我们真的相爱过。我永远都忘不了我们在巴黎的日子。他教我法文，带我第一次走进奢侈品商店。"

她说，皮埃尔的真名叫作陈大龙，一个非常非常中国的名字。

听到了这个名字，陷入震惊的我有点想笑。

没想到眼中闪动着泪花的马妖妖却先扑哧一笑："我知道你想笑。你笑吧。其实皮埃尔这个名字是我给他起的，他的法国名字不叫这个。你知道皮埃尔·居里吗？"

我摇摇头："什么鬼。"

"看来你也不是很爱学习。"皮埃尔·居里是居里夫人的丈夫。原来马妖妖是一个这么有梦想的人。

"当然，我一直觉得自己会成功，会变成一个举世瞩目的女人。遇到皮埃尔之后，我更加这么感觉了。但是很久以后我才发现，皮埃尔·居里是在一场马车车祸中丧命的。你说，这是不是我对自己的诅咒。"

"那皮埃尔他……"

"他倒是没有……但是……唉。"马妖妖的神色又痛苦起来。

"你不是一直问我，怎么认识他的吗？第一次见面时，我就背着自己的哆啦A梦书包。现在想想真是丢脸死了——但你知道后来他对我说什么吗？他说，背哆啦A梦书包的女孩子是很可爱很可爱的，但是女孩子会长大的。我会等你长大，给你买你喜欢的包包和裙子，带你去世界上最漂亮的地方。

"他……他知道我童年过得不好，他了解我全部的幻想，我对早日过上体面生活的执迷。我不过就是想要一个属于自己的体面的家庭，我有错吗？他说以后要是我们有女儿，一定要富养。但……我最终还是失去他了，不过他还是赢了这套房子给我。难道我要天天以泪洗面？不，我不要那样度过我的青春。但是，只有你相信我，只有你说了，你说对了，皮埃尔是我这辈子能认识的最好的男人了。这听上去像是个诅咒，但对我而言，是个祝福你知道吗？像我这样整天戴着假面具活着的人，也是有过一份没有算计的真感情的。这就够了。你知道的，对不对？"

马妖妖扬了扬手中的半块马卡龙："你相信吗？总有一天，我会把这个房子再度买回来的，我一定会再坐在这个窗边，看着窗外的夜色。因为这是我一生中，最真的真了。"

我看进马妖妖的眼睛里面去，没有再追问皮埃尔的下落和他们之间的纠葛。但是这一回，她说的我都相信——因为我们是推心置腹的好朋友了。

我想起了我第一次遇见马妖妖的场景，我以为我已经忘了，其实我一直都记得很清楚。那是在我们的寝室里，第一天入住，当我爸和我妈忙着帮我收拾行李、铺床、打开水的时候，马妖妖一个人站在角落里，静静地捧着一本《烟雨濛濛》在看。我情商极低地张口就问她："同学，你爸妈呢？"只见她挺了挺腰板说："我一个人能搞定。"

我当时就想，这个女生真讨厌啊，独立到讨厌，自信到讨厌，但是为什么我又有点喜欢她？

我吃完了剩下的马卡龙，陪马妖妖度过了在这个公寓里的最后一晚，我们整夜不睡，我们抽烟喝酒聊从前。可惜窗外，始终只是黑漆漆的一片，什么也没有。

我最后一次问马妖妖："那你的哆啦A梦书包后来去哪儿了？我有没有告诉过你其实我觉得它比CHANEL好看？"

她笑笑："我当然知道。"马妖妖走到书柜的最下层，往很里面很里面掏去，那姿势正像是从口袋里掏出梦想和宝贝的哆啦A梦一样，"这么多年来，我一直留着它，不过明天，我不打算带走它了。就让它留在这里吧。"

"就让我们一起把过去的自己都埋葬。"

"就让我们一起把过去的梦都埋葬。"Ⓣ

**华亭路**

位于上海徐汇区，20 世纪 80 年代开始，华
亭路的服装市场渐渐有名，被誉为"中华第
一服装街"。2000 年 11 月起，华亭路服装
街全部搬迁。

**Walkman**

即随身听，可播放磁带和 CD 盘等。在 20
世纪八九十年代极为流行。

**和平饭店**

位于上海的南京东路与外滩的交叉口，它是
上海近代建筑史上第一幢现代派建筑，也是
外滩万国建筑群及上海历史文化遗产的一张
重要名片。和平饭店自建成至今已有一百多
年的历史，百年来它接待了无数政商界名流
和各国社会名流。

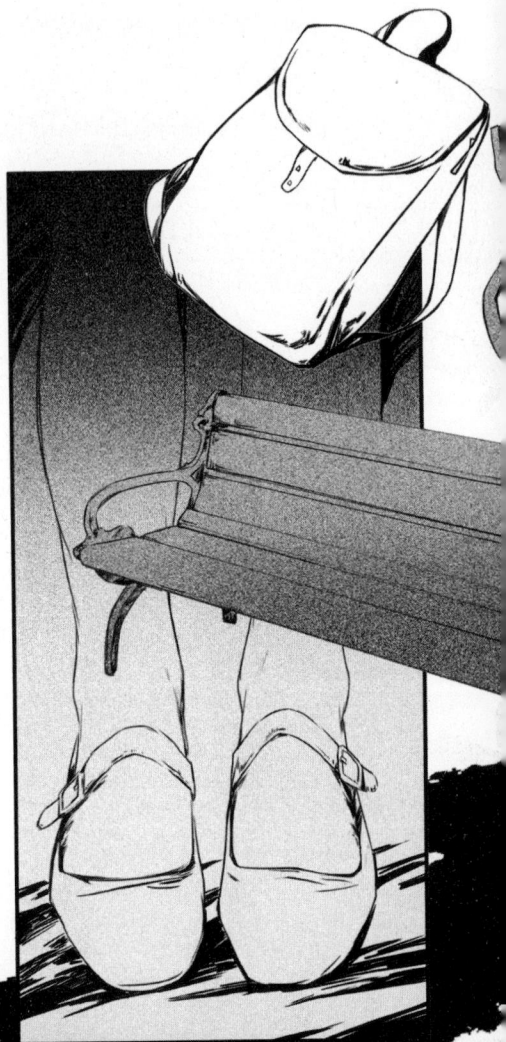

《消失的哆啦 A 梦和纱奈勒》
夏无觞 / ILLUSTRATION

# 台风过境

·········· TEXT ··········

幽草

世界末日时，我们诞生了。

（作词、演唱：The Hate Honey）


——1999年8月——


蓝波在家门口穿上他那双破破烂烂的球鞋。回头望去，母亲正在阳台上浇花。盛夏的中午，阳台上落满阳光，她弯着腰拖地的身影显得模糊。说是浇花，却每次都要先打开水龙头把阳台冲洗一遍，再大费周折地擦一遍地，实在是不能理解。就此问过母亲，回答竟然是："我们家用水不要钱啊。"

剧烈的水声混着电台广播的杂音，几乎掩盖了外面的蝉声。蓝波把手围在嘴边，冲着阳台那边大喊："妈，我出一趟门！"

"去哪儿？"母亲拿着湿漉漉的拖把走过来，身后带了一路水渍。

"去找羚羚姐，暑假作业不会做。"蓝波一边扯谎，一边故意掏出背包里薄薄的练习册扬了扬。

"去吧，多问点问题。"母亲说着，却又插了一嘴，"你也别太麻烦她啊，人家忙着吧，高中生了。"

"她才不忙呢！"

蓝波撂下一句话走出门。门外是筒子楼里阴森森的楼梯间，堆满了杂物。阳光透过高高的格子窗，在他的脚边形成一个奇怪的图案。

说去找许羚，母亲便不会干涉，这一点她简直是万用的挡箭牌。不过蓝波喜欢表姐却另有缘故。在舅舅下岗之前，表姐的家境好像一直比自己好些。小二时头一次在表姐家玩了红白机游戏，从那以后就恨不得每天往她家里跑。年长四岁的许羚在表弟面前格外强势，不过对蓝波而言，被强迫一起看日本动画片也算不上酷刑。半个月前她甚至有了自己的电脑——她就是在这些地方让蓝波膜拜不已的，至于暑假作业，小学毕业怎么会有呢。身为小学教师的母亲还在这方面犯糊涂，蓝波也没打算纠正。

推着自行车走出檐下，蓝波抬头看一眼二楼的阳台，母亲竟然还在浇花。从二楼传来的电台广播，透过头顶树冠刺耳的蝉鸣，模模糊糊地传入耳中。

"今天天气晴，有雷阵雨，温度28～34℃，南方地区普遍降水，8号台风正临近东南沿海地区……"

骑车经过两条街拐进一片居民小区，逆着光线抬头可以看见表姐家窗台上的盆栽。蓝波窜上二楼使劲敲门，前来开门的许羚懒散地迎接了他，随即回到电脑前。"干什么呢？"蓝波瞟一眼电脑屏幕。许羚眼皮都不带抬地回答："玩游戏。"她手边的书桌上凌乱地扔着几本《大众软件》和几张光盘。

"今天要不要去？"

"不是上个星期才去了吗？"许羚看起来有些不情愿，"天这么热。"

"再去一趟嘛，求你了。"蓝波轻易地出卖了自己的尊严。

"好吧……"许羚无奈地叹了口气，"我换衣服，你在外面等着。"她把蓝波推出门外，在房间里磨磨蹭蹭地换上了T恤和米色齐膝短裤。

楼栋外满树的夏蝉声嘶力竭，许羚眯着眼抬起头看了看天。

"不是说要下雨吗？"

"昨天也说要下雨，也没下啊。"

他们出生的这个南方城市地靠长江而多湖。江水湖水在夏季蒸发在城市上空，驱之不散，湿度甚至能超过百分之九十，令人透不过气来。骑着自行车沿街一路向前，街道两边的小商铺无精打采地垂着帘子。总有几个中年大叔搬一把竹凳坐在外面的樟树下，汗水湿透了白色背心露出乳头也不在乎，懒洋洋地扇着竹扇不停地打哈欠。沿着江边的道路一直向前骑去，树荫下摆满了麻将桌，长长的一条街上响彻着洗麻将的声音。搞不好能在其中看见舅舅也说不定，蓝波试着这么一说，身旁骑车的表姐狠狠地瞪了他一眼。

搞不清楚自己哪里说错了，蓝波只好闭嘴讷讷地看路。


两人骑到一条相对僻静的内街。靠近大学的这条街上，在正午时分依然没什么人，一家看不出是不是开着门的音像店缩在天桥下的阴影中。

两人在天桥下停好自行车，对视了一眼。许羚率先向音像店走去，蓝波跟在后面，忽然咽了一口口水，心跳又忽然加速起来。

店里没有人，一排货架挡住了进入店深处的道路。窄而狭长的店里光线暗淡。蓝波学着表姐的样子，装模作样地在不过五六平方米的一排展柜之间看了一会儿货架，许羚试探地喊了一声："有人吗？"不知怎的，蓝波觉得表姐的声音里也揣着一些不安。一个胡子拉碴的中年男人懒洋洋地从店的深处走出来。

"要什么？"

"请问……有碟吗？"

男人的视线在十五岁的姐姐和十一岁的蓝波身上打转，似乎在考虑什么，许羚又开口解释起来："我们上个星期也来过……有打口碟的吧？"

"有，黄标也有，要不要？"

"都看看。"

中年男人转身进入了货架后面，许羚犹豫了一下，也跟着走进去，蓝波跟在她的身后。他们站在一起看男人从里面的货架下面拖出两个大纸箱来，就又回到柜台后面看杂志。

"你们来晚了，估计没什么好货剩下了。"

这种偷偷摸摸的举动简直像做贼，但是也包含着触犯禁忌和冒险的成分。蓝波的心又狂跳起来，身旁表姐的眼睛里已经发出了光。她毫不犹豫地蹲下开始在纸箱里挑拣，蓝波蹲在她的旁边。纸箱里，各种各样想象不到的CD令人目不暇接。男人从柜台下面找出两个钉得歪歪扭扭的小板凳给他们，许羚接过也不说一声谢谢。她先把一摞CD一张张地挑出码在身旁，不时转头看一眼蓝波那边。

"看中了什么？"

"这张怎么样？"蓝波把掂在手上的碟朝许羚晃了晃，炫目的霹雳和上身赤裸的金发美女构成过激的图像，却引来姐姐轻蔑的嘲笑："一看就知道是Hip-Hop吧，你别挑这一种啦。"

"那这张呢？"沉入深海的金发婴儿，蓝波拿不准主意。

"先留着。"表姐的口气雷厉风行，和刚才怯怯发问的她简直变成了两个人。虽然不满于表姐这么粗暴地对待自己，可是受到鼓励的蓝波还是劲头倍增。

"这张不错吧？"简直是魍魉横行的CD封面，看起来相当黑暗。

"你没长眼睛啊，打这么深的口了，至少五毫米。"许羚咂舌说，"真是的，带你来有什么用。"

——是我要来的吧！蓝波不满地想着，嘴上没说什么，继续埋头苦翻。两个人的胳膊和T恤都被厚厚的灰尘沾脏了，手指也被碟盒破损的塑料划得生疼，但谁也没顾上。低头看了好一会儿，表姐忽然停下动作，仰头看着落了浮尘的天花板，说不出是疲惫还是心满意足地长叹了一口气，随即把手边已经超过腰部的一摞CD抱回箱子里。坐在柜台后的店主自顾自看着报纸，看都不看他们一眼。

外面的店里来了客人，男人出去迎接。许羚眼睛看着他出了里间，忽然松了一口气似的垂下肩膀，有些神秘地俯身在蓝波耳边小声说："你知道刚才他在犹豫什么吗？"

"什么？"

"他在考虑我们要的是不是黄碟。"

"什……"蓝波的脸瞬间涨得通红，随即嚷嚷着"我不懂我不懂"低下了头，许羚差点笑出声来，她心满意足地继续低头寻找。太坏了，蓝波愤懑地想着，朝那边瞪了一眼，根本没得到任何理会。

"姐姐，这张！你喜欢的！"蓝波递过去。

"蓝色专辑！干得漂亮！"许羚嘉奖地用脏兮兮的手胡乱揉了揉蓝波的头发。"你手很脏啊。"蓝波嘟囔着躲开，挪开凳子开始搜寻另一个纸箱。纸箱上写着全部十五块，价格令人心动。他一边问着许羚"这是些什么？"，一边低头看起来。

"好多日本盘哎……"许羚的口气里带着微妙的不屑，不过也凑过头来，"说不定能淘到好东西。"

这个年代打口碟刚刚兴起。海关未完全销毁的大量走私CD，从沿海口岸被运到南方各地偷着卖。分辨精品和糟粕的方法除了品相以外，就剩下乐队的知名度，而这几乎全靠店主的个人品位决定，一些廉价出售的碟里或许藏着真正的好东西——许羚解释道。她看着蓝波一张张翻拣，忽然惊叫了一声："我知道这个！"伸出手拿走一张盘。蓝波瞥了一眼，不满地说："你知道的只有英语歌吧。"

"你连英语歌都不知道呢……"许羚低声嘀咕着，拿着碟犹豫不决。蓝波自顾自低头翻找。一整箱连字都看不懂的东西让他开始恨自己为什么只有小学六年级，可是高中生的许羚同样一无所知。这种时候只能靠直觉取胜了，蓝波想着，偷偷地伸手留下一张来。

结账的时候店主问："要不要留个电话？"说下个月有一批新货。但是两人都没有手机，只好记下了碟店里的电话号码。

走出小小的店门，手腕上的塑料手表竟已指向下午五点。外面不再亮得晃人眼睛，暑意却并没有消退。

"给我看看你的。"许羚说着从蓝波手上抢过两张碟。端详了一会儿，她纳罕地歪起脑袋："听都没听过的乐队啊。"

"我就是想买，怎么样啊？"

"你零花钱很多吗？这样买根本就是买彩票啊，你这个赌徒。"

"不是赌博，是灵感。再说我零花钱哪有你多……你为什么那么有钱？"

"我比你大啊。"许羚理所当然地说着，"省吃俭用，最近我爸还老偷着塞钱给我。"

"舅舅下岗几年了，怎么会有钱？"

"牌桌上的手气变好了呗……谁知道。"许羚耸耸肩，把手上的东西还给蓝波。蓝波接过，又忍不住低头仔细看了一会儿。这两张CD，一张是奇怪的纸板包装，灰色的硬壳上手绘风格画着汽车加油站、电线和十字架的坟地。另一张则是水彩渲染的迷幻画面，乐队名长得绕口。在他看来，都像是打开神秘门扉的谜语。

"姐姐，这怎么读？"

"The Hate Honey。讨厌蜂蜜？"

"这我也会念啦，我说的是另一张。"

"这是法语吧，我也不会念。"表姐坦然地承认了自己的无知，就算蓝波反问："你不是高中生吗？"她也迅速还击："高中生也很小啊，等我念大学了再说吧！"

两个人吵闹着各自踩着自行车往家骑去。窄窄的街道上，楼栋之间时隐时现着太阳。在这个接近傍晚的时间，也依然是一个淡红色的小圆纸片。天空苍白，一群下班的自行车车流在路口同他们擦肩而过。带着辫子的两截电车慢悠悠地跟在身后，时开时停，像一段老式的蒸汽火车。一个茫然的下午即将过尽。回家的路在一个巷口分开，蓝波靠着围墙停下车同许羚道别。

"CD机借我行吗？"

"不行，借给你了我听什么。"

"你不用的时候我去找你拿？我明天给你打电话行吗？"

"你别打来。"许羚一脸觉得很麻烦的表情，"我要上网啊，要拔电话线。"

"你一边上网一边听CD吗？"

"让你爸妈给买台电脑，你也可以啊。"许羚笑起来，"念初中没电脑可不行。就这么说准成。"

"真的假的？"

"真的啦，我也帮你说说。"她忽然变成了一个温柔的表姐，连笑容都可爱了许多。这一定是电脑作祟，蓝波想。他忍不住有些飘飘然地幻想起来，以后有电脑伴随的一个个暑假。跨上自行车踏动踏板时，许羚忽然在背后叫了他一声。

"对了……"

"什么事？"

蓝波回过头去，许羚欲言又止。蓝波没注意到她脸上微妙的神情，只是不耐烦地催促着。

"快讲。到家晚了我妈会骂我。"

"那个啊，我爸妈，大概快离婚了吧。别跟别人说，也不要告诉姑父姑妈。"

"……哎？"

"时间我也不知道，年内办手续吧。"许羚轻轻地笑了，"我大概会跟着妈妈，以后跟你不再是一家了，也不知道能不能常见面。"

蓝波呆愣了一会儿。"很奇怪吗？"许羚一边说着，一边露出了不屑的神情，催促他回家。她的表情就好像是在说"这点小事也大惊小怪吗？"，和过去一起打游戏时嘲笑他手慢、第一次带他去CD店看他呆然的表情一个样。但是这一次并不一样……"离婚。"蓝波扯动嘴角慢吞吞地重复了一遍，许羚歪着脑袋看着他。

"怎么了？"

"……"

"快回家吧。"她翘了翘嘴角。


只有一边嘴角扯动肌肉的微笑，带着讥诮的意味。这种近乎冷笑的表情，让许羚一瞬间看起来像一个陌生人。蓝波怔怔地注视着她，许羚却没再回头。她踩上自行车向前骑去。沿道挺立的一棵棵粗大梧桐树下，无数片的夕晖穿过树荫把街道分割得破碎，许羚的身影就混入这一片破碎的光影之中。蓝波忽然大喊了一声："姐姐！"

"什么事？"许羚停下来，支起脚回过头看着他。

"……CD机，别忘了啊！"

他是想说些别的话，也许只是突然想叫这么一声。一种怪异的情绪忽然间在蓝波心里升起。只冲自己挥了挥手就转头离开的表姐，她的背影让蓝波不明所以地突然生气起来。他闷着头一路猛踩踏板穿过巷子冲进院子里。

突然起风了，连云层也看不出的天空转瞬变得阴晦苍茫。蓝波闷闷地低着头往家里走，抬头看见二楼自家的阳台上晒着衣服。他想起中午出门之前广播里的天气预报。

"雷阵雨啊……"

家里没有人，阳台上的收音机竟然还开着。母亲出去买菜的时候总是这样。蓝波咂舌，丢下背包去阳台上收衣服，心里暗暗祈祷雨不要下下来。他随手把衣服扔在沙发上，就坐在旁边抱着背包拆CD，拆完了就看着墙发呆。

客厅里没有开灯。眼睛习惯了黑暗之后，能看见温暖的暮色在房间里徐徐下降，令人不安的风却从阳台涌进来将它们吹散。许羚在那破碎夕晖下的背影又出现在他眼前，一阵莫名的懊恼忽然涌上心头。蓝波坐在黑暗中，不知道自己在想些什么。也不知过了多久，忽然被门口钥匙转动的声音惊醒。

"你这孩子，回家怎么不开灯啊！"母亲说着打开了客厅的灯，"作业问了吗？"

"问了。"蓝波扯谎说。他眯着眼睛，一边适应光线一边看母亲把塑料袋和雨伞一同扔在柜子边。

雨到底没有下下来。


每天都预报有雨，每天都没见下。进入二伏的天气，沉闷得接近凝滞。晚饭后天色还发着亮，蓝波跑出去踢球，汗淋淋地回到家，母亲忽然拿着听筒让他接电话。

是许羚打来的。她说我游戏终于打穿了，你来拿CD机吧。忽然又改口说我给你送来好了。"你让姑妈接个电话，我妈找她。"她的语气忽然变了。

母亲接过电话，一开始还寒暄着，慢慢变得眉头紧锁起来。蓝波凑到听筒旁边想偷听到对话，被母亲赶到了一边。

"是的，好，你们什么时候过来吃个饭行吗？……明天？行，明天要来啊。"

妈妈走进厨房反锁上门，开始背着蓝波跟舅妈说话。不需要躲在门口偷听，重重的叹气声已经钻透了厨房的门。蓝波想，果然是离婚的事情吧。

平生第一次被人分享了秘密，却并不因此感到高兴。有什么不安的东西在捅着他，这种心情在入睡时变得更加鲜明。电风扇在房间里发出咯吱咯吱的噪声，蓝波起身走到窗边，支着肘往外看去。院子里长着粗大的樟树，树冠在黑暗中魅影憧憧，在起风时凌乱地飘摇，空气里却并没有下雨的预兆。

姐姐那仿佛与己无关的冰冷表情又出现在他眼前。蓝波默默地把脸埋在手掌里。两年前她读初中的时候，有一天忽然就不再亲密地对待他了。转而给自己介绍了许多新鲜玩意儿的许羚，慢慢地变得令人憧憬，相继而来的距离感也越来越明显。她在想些什么，有没有苦恼，蓝波一无所知，或许她本人也一点没有想让人知道的意思。


第二天傍晚的餐桌上是一顿气氛诡异的晚饭。蓝波在椅子上怎样也坐不舒服，又不敢随便扭动。他抬头偷偷看一眼对面，姐姐若无其事地吃着面前的一盘菜，舅妈和舅舅坐在她的两边，就像两个不相干的人。没人主动说话的饭桌上只剩下僵硬的咀嚼声，母亲开始打圆场夸奖许羚学习成绩好，蓝波要多跟姐姐学习。许羚不失时机地建议给弟弟买一台电脑。两人对看了一眼。

"妈，给我买一台吧。"蓝波顺势说，"马上就要用了。"

"再说吧……"母亲为难地说着，似乎有些动摇。

两个人几口吃完饭，一起躲进蓝波的房间里锁上门。许羚从背包里拿出CD机和几本杂志扔在书桌上。

"都借给你，记得要还我啊。"

"这是什么杂志？"蓝波拿起一本《我爱摇滚乐》翻看着。

"今年才有的新杂志，挺难搞到的。"

"我下个星期要军训，在那之前还你？"

"军训后再还我吧。"

门外忽然传来激烈的争吵声，蓝波想起身去看，许羚制止了他。

"大人的事你别掺和。"

"可是……"蓝波不甘心地嘟囔着，他不明白姐姐为什么能如此无动于衷。许羚却忽然厌恶地扔开了手边的杂志。

"真讨厌。离婚就离婚，在别人家里吵架算什么。"

"那是你爸妈哎……"蓝波微弱地抗议道，果不其然许羚转而向他发难。

"那你说，换你是我，你怎么办？"

"劝劝啊，让他们别离婚。"

"那，为什么？"

"没有人希望父母离婚吧！"

"但如果这其实是件好事呢？"

蓝波哑然。作为小孩劝父母不离婚好像是天经地义的事情。可是为什么？为了谁？他默默地思索了一阵。

"爸爸啊，下岗了几年，每天就知道打牌，半夜三更才一身臭味地回家。妈妈开了发廊以后变精神了，也漂亮了。看着他们两个，就连我有时候也会吃惊，他们竟然是夫妻啊？一开始两人还吵架，现在干脆都尽量不回家了。"

蓝波想起饭桌上涂着口红、满身香气、一头硬卷发的舅妈，还有若无其事就把烟灰弹进碗里的舅舅。大规模职工下岗不过是两三年前的事，在那之前——或许直到昨天的电话之前，表姐一家在母亲眼中恐怕都是个值得羡慕的家庭。有个成绩优异的小孩，这就是全部了。

"要是能早点自立就好了。"许羚叹了口气，在他的床上翻了个身，注视着天花板，"没体会过的人不懂的，不跟你说了。"

"姐姐，你为什么要跟舅妈？"

"我是她的全部呀。"许羚自嘲地笑了，"我不跟着她，她就去自杀。妈妈自己这么说的，我能怎么办？"

"舅舅呢？"

"你希望我跟着他？"

"这样我们还是一家人吧。"

"谁知道呢……"许羚低声说着，"以后一切都会不一样了吧。我有这种预感。"

房间里陷入了沉默，窗外的风声忽然响起来。蓝波默默注视着表姐的脸。T

恤下她十四岁的正在发育的身体，还有苍白漠然的脸，在它们的后面隐藏着怎样剧烈的变动，年幼的他不可能知道。他忽然间想起了不久之前的下午——想开口却不知道该说些什么。那里藏着一种似乎要打开一个隐秘箱子的预感，指尖触着门扉却找不着钥匙的焦灼感。

房门忽然被重重地敲了敲，是舅妈的声音。

"羚羚，回家了。"

"来了！"许羚喊了一声，回头默默看了一眼蓝波，就打开房门。蓝波跟着走出去，舅妈似乎补过妆。鲜艳的妆容掩盖着她有些红肿好似哭过的双眼，舅舅一言不发地站在旁边。

"这么早就回去吗？"父亲似乎有些挽留的意思。

"好像要下雨了啊。"舅妈说。

母亲点头接过话："天气预报还说夜间有雨呢。"

一群人下楼向院门口走去。蓝波跟着表姐走在最前面，夜风带着潮湿的气息，猛然吹过两人身边。

"好冷啊，会下雨吧？"

"今天肯定会吧。据说台风就要登陆了。"蓝波说。

姐姐笑着反击："再怎么吹也不会吹到我们这儿啦。"

然而蓝波的记忆里还残留着去年洪汛来时全城惶惶的印象，今年再来一次似乎也没什么奇怪。毕竟是世界末日啊。

"怎样也到不了内陆的，放心吧。"许羚笑了笑，"就算到了世界末日，你也是最安全的一个。"

"今晚他们都说了些什么呢？"蓝波不再去想她话里的若有所指，挑起话头。许羚却反常地沉默一阵。

"爸爸这边的亲戚已经讲过了，接下来很快就能办手续了吧，我想。"她抬起头看着前方的路灯，忽然抬手揉了揉蓝波的头发。

"有人劝我妈去深圳创业。要是她带我走了，CD机就不用还我了，反正也没什么可以留给你的。"

蓝波诧异地看着她的眼睛，许羚却不再说话。路灯下两个人的影子一会儿就同走过来大人们的影子会合了，混沌得再也看不出来。

"这么早就走了吗，还没……"母亲有些歉意地说着，舅舅和舅妈却执意告辞。蓝波站在父母身边，心情沉重地默默注视着表姐最后上了出租车。

暴雨在凌晨的时候忽然降临了城市。

蓝波从梦中被冻醒过来，赤脚跳下床关上了电风扇，又踮着脚去关窗，雨下得又猛又急，已经打湿了一只胳膊。不想被父母发现自己还醒着，蓝波摸黑找到桌面上的CD机，他犹豫地放进了The Hate Honey的CD，抱着它们回到床上。

液晶屏在黑暗里亮起来，耳机里传来电流通过的声音。蓝波屏住呼吸等待着。一秒，两秒。

一记重击忽然砸向头顶。

——激烈的前奏轰然响起。一声比一声重的低音间不容发，明明只是声音，却沉闷地压迫着肺叶和心脏。一种窒息感忽然升起挤着脑子，蓝波大口喘起气来。

这是个什么神经病乐队……蓝波想。可是急速飙起的吉他声马上撕裂了他的想法。来不及抗拒，来不及反应，低音和鼓声不容喘息地加进来。

密集的节拍在有限的空间里扩张膨胀，主唱那像少年一样清亮的声音扭曲变形，像个疯子一样的歌声在唱到高音时干脆变成了嘶吼。在那一瞬间蓝波的心中竟然感受到了一种类似快感的情绪。他紧紧地抓住枕头，激烈的电流在他的体内形成回路，它们所路过的每一个地方都留下了新鲜的疼痛。

一曲终了时，蓝波有些虚脱地按下了暂停键。他失魂落魄地跳下床，走到窗边。耳朵里嗡嗡作响，一时听不见外面扑打窗户的雨声，他忽然想去淋雨。

摇滚乐，以前在表姐的推荐下也听过摇滚乐。她买了名叫《欧美摇滚金曲合集》的盗版盘，按着里面的目录记乐队名。披头士、老鹰乐队、爸爸妈妈乐队，但没有一首歌像刚才那样。

方才的四分十五秒……那简直是一场惊心动魄的梦。

蓝波悄悄打开门走进客厅。潮湿的风擦着脸迎面而来，轰鸣的雨声盖住了拖鞋在瓷砖地板上行走的声音。阳台上有一扇窗没有关好，挟带着雨滴的风正从那里涌入。凉风让他打了个寒战，他却不假思索地推开了窗子。

劈头盖脸的雨几乎瞬间就把他淋得透湿。遍身起了鸡皮疙瘩，打在身上的雨水里含着痛楚，同样是新鲜的。穿过密密的雨帘看见远处的天空，忽然模糊地亮了起来。隔了一阵，雷声震动了他的身体。

"以后一切都会不一样了吧。我有这种预感。"

同样的预感在此时点亮了他的脑海。他的身体里升起了小小的飓风，那是沿着太平洋一路向东即将靠岸的8号台风，同样也是在他心里凭空升起的台风。过境的台风剧烈地拧扭着他的身体，摧毁目视的一切。亲密的人即将分别，一如既往的漫长暑假即将结束，崭新的日子即将到来。而风暴，还要一次次来袭。


整夜，雨在城市上空下个不停。雨顺着每一条沟渠流进长江里，每一条柏油马路都被洗得发亮。这一场酝酿已久的空前暴雨在日后被看作长江水患的前兆，一度登上本地报纸头条。整夜，激烈的歌声混合着雨声在蓝波的耳朵里响个不停。

睁开眼时耳朵里还塞着耳机。蓝波从床上跳起来，身体残留着奇异的疲惫感。推开房门，母亲依然在阳台上浇花，大清早她开着广播，全然不管睡懒觉的儿子会被吵醒。外面的雨洗掉了蝉声。寂静的房间里，只有广播里早间天气的声音响个不停。

"昨日，第8号台风在广东珠江三角洲一带沿海登陆，登陆时风力13级。沿江江南和大别山区南麓出现了大面积的暴雨、大暴雨……"

"妈，这么早你开什么广播啊！"蓝波不满地喊着走上阳台。雨天也浇花正午也浇花，这样的人恐怕只有自家母亲了吧。他看着窗外的雨帘，怔怔地想着。

"你舅舅和舅妈啊，大概年内就要离婚。"母亲像是没有听到他的话一样，自顾自地对他说着，"昨晚在饭桌上闹成那样，看样子是要真离啊。"

"……姐姐怎么办,他们想过吗?"

"羚羚?……羚羚那孩子不懂事啊。这么大的事情,也没看她劝劝,好像不关她的事一样。"母亲像新发现了什么似的忧心忡忡地看着他,"你可别跟着她学啊。"

"……嗯。"蓝波愣了愣,他想开口说些什么,又觉得可能闭上嘴才是正确的。"大人的事情别去掺和",这是姐姐昨晚说的话,她说这句话时脸上的讥诮,就和那个一起去挑CD的下午告别的时候一模一样。

蓝波还不知道自己在很多年后,依然会不时想起那个下午。如果要从后往前追溯,那么这个世纪末的夏天是一切的起点。奇怪的是他时常想起的,往往是那个碟店老板胡楂黝黑的脸。那大概是在若干年后,打口碟已经屡见不鲜的情形下,已是高中生的他在这个城市的每个角落闲逛,俨然一个摇滚老炮在探索一张藏宝地图。在他埋头从一大堆糟粕里挑宝贝时,那些店主无一例外地会问他喜欢听什么,给他推荐东西。每当这时候,他都会油然怀念起那个街角的小店里什么也不说的店主,那个饶舌的午后,树荫下的那一片破碎的夕晖。

1999年10月,14号台风登陆福建。全年最强的这次台风使厦门一度全岛停电,自来水和燃气中断,所有交通设施关闭,72人死亡或失踪。一时间,各小报又开始把它同诺查丹玛斯预言联系在一起。蓝波和父母一同在电视里看了相关的报道。学生宿舍楼的楼顶被掀翻,百年大树被齐根拔断。注视着那副景象,蓝波想到——那就是姐姐的内心。

末日预言多少令人心中惶恐。然而直到年底也没有再发生令人不安的事件。安稳的12月中旬过后,又陆续出现各种辟谣。

元旦,一家人头一次去了西餐店吃牛排。三个人坐在桌前不熟练地摆弄着刀叉,父母聊着八卦——舅舅离婚的事情已经变成了饭桌上可有可无的谈资。餐厅窗外的街道上,有人正放着烟花。

回到家中已近深夜,新年的晚上,平静而温馨。父母在电视机前嗑瓜子,蓝波走上阳台去等待转钟时的烟花。

　　断断续续绽放在夜空中的烟花，在零点刚过的时候忽然密集起来。瞬间视野中五六处地方同时升起了烟花，震耳欲聋的鞭炮声也忽然传来，几乎盖住了电视机里新年晚会的声音。彩色的幻象消失了又重现，持续了好一阵子。在全部归于寂寥后，他的眼前还留下了光的幻象。

　　爆竹声中一岁除。新的世纪，从这一刻起到来了。想到这一点，此时却没有什么实感。

　　比我更小的孩子们，恐怕对这个世纪末交接就不会有记忆了吧，蓝波想着，经历过这个时间和没经历过的人们，在将来会有什么样的不同呢？很多年之后大概就能知道了吧？Ⓣ

《台风过境》
夏无觞 / ILLUSTRATION

### 《大众软件》

一本涉及软件、硬件、网络、数码和游戏的电脑类科普杂志,创刊于 1995 年。

### 打口碟

外国市场难以销售的唱片会以切口、钻洞等方式进行销毁,成为塑料废品进入中国,而部分损坏不严重的则会流入市场,被音乐爱好者购买和收藏。由此还衍生出了打口青年、打口一代等流行亚文化。

### 《我爱摇滚乐》

国内专业摇滚音乐杂志,风格自由大胆,附带的 CD 会发布一些最新的国内单曲。创刊于 1999 年。

### The Hate Honey

非常冷门的日本乐队,1996 年以吉他手高木和贝斯手八田敦为中心建立,于 2006 年解散,风格是 hard rock。即使在日本也鲜有人知晓。然而在十几年前,十四岁的作者幽草偶然在逛唱片店时买了他们的唱片,无意中启蒙了作者对摇滚的热爱。

### 14 号台风

9914 号台风于 1999 年 10 月 9 日登陆厦门,最大风力达 15 级。对当时厦门人的生活和经济都造成了很大影响。

### 下岗潮

20 世纪 90 年代,国有企业面临着改革开放所带来的种种冲击,管理落后、效率低下等问题促使国企的重组成为必然,也由此引发了重组后各企业的大量裁员。因人数众多且影响范围大而称之为下岗潮。

# 无声仿有声

·········· TEXT ··········

余慧迪

那个孩子又来了。

她踮了踮脚，跨过木质门槛，似乎无意识地在门口那块脏兮兮的地毯上跺了跺。然后朝工作人员伸出一只手。上面摊着一团皱巴巴的五块纸币。

柜员接过来，感觉手心一阵潮湿。他记得她，上周她和她父亲来过，订了一整年的杂志。是什么来着？儿童……《儿童文学》？嗯。他记得她，纯粹是因为那双眼睛。一双焦点不定的眼睛，一双看上去完全不属于儿童的眼睛。可是她站在柜台前，几乎比它高不了多少。这孩子留着短短的娃娃头，脸上平凡无奇，五官淡得几乎隐去，只有那双眼睛，黯淡中泛着奇异的光，现在直直地盯着他，又好像盯着他身后几百米远处的地方。工作人员低下头，数出六张八毛的邮票，连同两个钢镚儿一并放到她依然伸着的手里。

她转身出门，停在门口，从书包里掏出一封信，然后把一张刚买的邮票拿出来舔了舔，贴好，把信丢进了邮筒。他不自觉望着那个大张着嘴巴的绿色邮筒，也许只有它才知道她的秘密？这是怎样一个奇怪的孩子啊。

几秒钟后，同事大声喊他的名字，他才回过神来。


[一]


尊敬的《儿童文学》编辑您好：

我上个周刚刚读完张洁阿姨的《世界上最疼我的那个人去了》，看哭了好几回，但是我不知道她的地址，请您帮我把信转交给她好吗？

先自我介绍一下吧，我是×市×县第一小学二年级（5）班的一名小学生。我喜欢看书，喜欢的食物是蛋糕，喜欢的颜色是蓝色，星座是射手座。

上周我刚过完生日，往年家里都会请楼里的小朋友过来，今年妈妈不在。我一边吃饭一边看《世界上最疼我的那个人去了》一边哭，不小心滴了几滴酱油在上面，眼泪把书弄得潮乎乎的。妈妈走了不到半个月，但她好像还住在这里，有时候半夜上厕所，她就在后面看着我。最近我每天晚上跟爸爸说完晚安后，都假装上床睡觉，其实是在被窝里看书，直到累得不行。我几乎都记不清自己什么时候睡的，白天上课也总是很累，班主任说了我两三回了，我怕她要告状，然后爸爸会把我的书都没收掉。

现在我自己有两百多本书，大部分都看过了，我有一个自己的小书架，是舅舅给我做的。妈妈走了之后我把她的大书架上的书一点一点地往我房间里偷，到现在为止我拿了十来本，都是她以前读书时的课本，上面有一些文章很有意思。我昨天刚刚读完《小二黑结婚》。《世界上最疼我的那个人去了》是我上周日读完的，一不小心把酱油滴到了最后一页上，搞得书闻起来咸咸的。我很不开心，觉得再也不想翻开这本泡得很皱的书了。

但是今天早上我又拿了起来，看了一会儿之后，我决定给张洁阿姨写一封信……

祝好，谢谢您！

1997年12月

## [二]

尊敬的《儿童文学》编辑您好：

最近我看东西开始模模糊糊有了重影，但我不敢跟爸爸说。

今天我上学的路上问几个好朋友："你们家里订杂志吗？"三个人里有两个人都说有，一个家里是做大官的，订的都是一些我们不看的机关报；另一个是婷婷，她妈妈在我们小区门口开发廊，基本不管她，所以她订了《少男少女》（我姐家也有，但她拒绝给我看，说我还太小）。婷婷还告诉我，D家里给他订了原版的《米老鼠和唐老鸭》——全彩的，全是漫画。

D是我们班的一个男同学，非常讨厌，我觉得他来学校根本就不想学习，每个学期都要请很多假，最多的一次请了一个月，去了欧洲，回来的时候鼻子都要翘到天上去，很多人围在他桌子旁边问这问那。我心想，这还不是你成绩差的原因啊。过了会儿我又觉得自己很小气。几天后，我把爸爸以前在海南岛买给妈妈的珍珠项链偷偷戴着去了学校，D狠狠地嘲笑了我一番，还引来不少同学也跟着他一起嘲笑，我好生气，决定再也不要跟他说话了。

《米老鼠和唐老鸭》其实蛮好看的，可是因为是全彩的，所以很贵，爸爸应该不会给我订，再说，我已经有了《儿童文学》了。它不送玩具，不送贴纸，不送海报，连漫画也没有，字还特别多……我真蠢。

我想知道，信转交给张洁阿姨了吗？我真的很想认识她。虽然她从来没见过我，离我也很远，可是读她的书，我总觉得自己已经认识她了。

请尽快给我答复，十分感谢！

1998年1月

[三]

尊敬的《儿童文学》编辑您好：

对不起，我的信转交给张洁阿姨了没有？

我心情很差，这个新学期开学以来，我因为上学期期末成绩太差，老师把我从班长的位子上换了下来，而且我的眼睛也越来越坏，现在看黑板都非常吃力。爸爸虽然没说什么，但他现在很少跟我说话。更惨的是，我觉得婷婷和谭青她们也越来越不带我玩了，我不明白自己做错了什么。因为我不再是班长了吗？

我现在强迫自己晚上只看一个小时书就睡觉。昨晚我梦见妈妈走进我的房间，掀起我的被子发现了手电筒，于是掐着我的胳膊命令我起来，一边骂我一边哭，把我也骂哭了。我醒来后眼睛黏得睁不开，第二天心情也非常低落，还是没有听进去老师讲的内容。

现在全班没有人理的只有我和班里的傻子芳，可是她是真的傻子呀。大家笑话她、打她、踩她的脚、掀她的裙子、朝她扔香蕉皮，她一天要被欺负二十几遍，可是起码大家看得见她，我却好像是看不见的了，每天我从进教室到放学，除了老师点名让我起来回答问题，好像没有一个人跟我说话，就连第二节课下课发放早餐的时候，有时候我急着去厕所，回来时都能发现桌上什么都没有，好像值日生忘记我坐在这里了一样。

连爸爸好像也把我忘了，他越来越不常在家，从一周晚上出去两三次，到一周晚上在家一两天。他每次会给我留十块钱，我买最便宜的粥和馒头，把钱省下来。我现在有了一笔小钱，差不多可以买一张谢霆锋的CD。我还没想好是买一张正版碟，还是去买刻录碟好，那样还可以有几十首歌。

昨天是周五，爸爸带我出去跟他的朋友们一起吃饭，服务员把我的椰子汁倒成了啤酒，我爸赶紧说换了换了，但他的朋友们一起起哄，说喝一点没关系，就一口。他们红着脸在争来争去的时候，我端起啤酒一口就喝了一半，在肚子里冰冷冰冷的，味道也很坏，真不知道他们为什么喜欢喝这种东西。他们起哄说看不出来我这么能喝，以后要我爸多带我出来。我爸笑笑，回家之后就给我后脑勺来了一巴掌。半夜起来上厕所的时候又遇见了妈妈，她站在门口，就那样看着我。后来爸爸被我弄醒了，替我洗了裤子，又拖了地。我哭着回到房间，又哭了一会儿才睡着。

拜托、拜托、拜托您，一定要把我的信交给张洁阿姨好吗？

1998年2月

[四]

亲爱的伊颖小朋友：

收到你的来信，办公室打印机坏了，所以我只能手写了。

祝你：学习进步，天天开心！

张洁

1998年4月

[ 五 ]

尊敬的张洁阿姨：

收到您的信我实在太太太太太高兴了！我感觉我所有的不高兴全都跑了！

上个月爸爸带我去配了副眼镜，我终于又看得见了。医生严厉地问我是不是经常看电视，我爸摸着头说好像没有，于是我主动说我是看书的，当然没有说晚上打着手电筒的事。我把妈妈留下来的《中国现当代文学选读》四册挑着读完了，正愁没有书读，收到来信后又把您的《世界上最疼我的那个人去了》读了一遍。很奇怪的是，现在读起来好像没有去年那种钻到肚子里的很痛的感觉了，而是只有咸咸的、皱皱的书页，伴着淡淡的感觉。我不明白这是为什么，但是我好像也没有那么想妈妈了。

这周发生了一件又好气又好笑的事。我们班集体暴发了水痘，最厉害的时候一天有二十个人请了病假。我本来一直好端端的，结果周二的时候，D突然跑过来碰了一下我的胳膊，我还没反应过来怎么回事，因为在我印象里，我跟他属于"老死不相往来"（现在说老死是不是有点太早了？）的关系。结果他笑嘻嘻地说，要"有福同享，有难同当"。我才反应过来他也长了水痘，但是不太明显，只有几颗绿豆大的小红疹。于是我拿起文具盒里的铁尺狠狠地打了他，把他眼角划出了一道口子，然后对着他疼得流眼泪的样子哈哈大笑。放学后他妈过来接他时进了班主任办公室，他们走后，班主任把我骂了好久。傻子芳白天的时候在办公室里被罚抄写，结果憋不住拉了一裤子，办公室到晚上都弥漫着一股淡淡的臭味。结果我在挨骂的时候忍不住笑出了声，就被骂得更厉害了，幸亏最后还是没叫家长，反正叫了我爸也不在家。

但是今天我发现腿上很痒，一直伸手去抓，抓着抓着才想到大事不好。到了晚上，水痘就跟春草一样发起来了，有的还特别大，比大拇指指甲盖还大了，从脸上到腿上都是水疱。我边哭着边骂D，然后打电话给爸爸。他买了草药回来，把煮好的药水倒在一个大澡盆里，命令我泡在里面。一开始我怎么都不肯，但他非常凶，最后我还是脱了。爸爸别过脸去，小声说了句"这事就应该你妈来做"，然后就关上门走了。我光着身子伸出一只脚，好烫。我对我爸说水好烫，但他只是在更凶地叫我快点泡。于是我一边大声哭着，一边赌气踩进澡盆里，烫得感觉皮都要掉了。最后我爸敲门说时间差不多了，我才起来穿好衣服，出去的时候跟他仇视地看了一眼。我觉得他的表情看起来也是不太好受，但是那时我真的太生气了。

不过也有开心的地方，妈妈不在，我们想吃什么就吃什么，想几点睡就几点睡，想喝酒就喝酒（我有时在大人的饭桌上喝一点啤酒，我爸也睁一只眼闭一只眼）。现在他几乎都在外面应酬，书房变成我自己一个人的天下了，于是妈妈的书都不用偷，全都是我的了。这感觉像是汤姆·索亚找到了大宝藏。我甚至找到了两本非常破旧的《父与子》。而且我的CD们都有了安全的藏身处。上次我和我姐无聊地打赌谁会拿金曲奖，结果我赢了一堆杨千嬅、容祖儿、Twins和刘德华。

不知道您可以继续跟我通信吗？非常感谢。

1998年6月

## [六]

亲爱的张洁阿姨：

我的水痘终于好了，但留下了很多难看的疤。因为太痒，我总是忍不住用手去碰水疱。为这，我会记恨D一辈子。

好在暑假到了，哪怕天天穿短袖短裤露着难看的疤也不会有人看见。我爸不在家，我就整天看电视，《鹿鼎记》快要大结局了，我还是不相信陈小春这么丑的一个人会娶到这么多好看的老婆。《陀枪师姐》刚播出不久，很喜欢关咏荷。

这学期结束的时候我拿到了三门95分以上，也比学期刚开始时开心多了。因为戴了眼镜之后还是有些不方便，我下定决心再也不晚上在被窝里看书了，奇怪的是，现在一上床竟然也能睡得着了，白天也精神。真高兴。

我感觉妈妈好像已经走了好久了，有的时候要努力回想，她的样子才会浮起来。爸爸倒是没有忘，还常常把她挂在嘴边："你妈在就好了，菜就不会糊了。""你妈叫你起床你就起，哪会迟到。""你妈以前都是把白色衣服和别的分开洗的。"

今年婷婷生日邀请了半个班的人，三十几个呢，"有头有脸"的全都去了。我没被邀请，就在家里抄歌词，把谢霆锋的新歌全抄了一遍，我现在有三本歌词本，第三本马上也要用完了，但是我很怕爸爸不小心拿起来看。我姐怂恿我劝我爸买一台电脑，那样就可以自己刻碟了。现在用的还是复读机，把英语磁带偷偷录成流行歌。我爸买来让我学英语的"利器"就这样被"利用"了。

不知道是电视看多了，还是书读少了，我感觉我变笨了，说了很多废话。希望您不要介意。

1998年7月


[七]


亲爱的张洁阿姨：

您为什么不回信呢？

一定是我上一封写得太差。但是我给《少先文艺》（学校订阅的）上投了一则征笔友启示，很快就收到了十几封回信。不过，我一封都没有回。

给我写信的有比我小的，也有五六年级的。有一天我去学校拿我的《儿童文学》，惊讶地发现里面躺了三封信。这都有人回，真是不可思议，特别是那则启示是用最小号的字，挤在杂志最下面的一根手指头那么宽的位置上。我竟然有了一种"文字变成铅字"的开心的感觉（虽然跟您的是没法比），哈哈哈哈。

但，为什么您不给我回信了呢？我把您的信放在枕头下，不知道我给您写的信都去哪儿了？

我升三年级了，作业一下子比以前多了很多。我没有那么多时间回笔友信，也没钱买邮票（其实还是有，但我想攒着买谢霆锋的新CD）。除此之外，我还想把妈妈留下来的书整理一遍，再读一遍。之前读《边城》的时候太粗心，没读下去，因为觉得景物描写太长了。但这几天我又偶然拿起这本很薄的小书，突然开窍了一样喜欢起来。翠翠在等待的时候，有着一种奇怪的、幸福的孤独。

一起看电视的时候，只要碰到一男一女互相凑近，我爸就会及时换台。但其实他不在家的时候，我也看过这种画面，两人的嘴唇碰到一起，脸上是一种难以描述的表情。只是肉碰到肉，有什么意思？（结果当天晚上，我梦到谢霆锋亲了我一口！）

婷婷她们还是不爱和我玩，我已经到了要跟傻子芳同桌的地步了，这样也好，她至少不会不理我，无论什么时候逗她，她都还是傻乐傻乐的。昨天傻子芳站起来的时候有人绊了她一脚，她也没有哭，笑嘻嘻地爬起来，我拉了她一把，然后不小心看到婷婷她们挤在角落里，好像在嘲笑我和傻子芳玩。但那又怎么样呢？我不是一个人啊。我有傻子芳，我还有您，这样我就总共有两个朋友了。

1998年9月

## [八]

亲爱的张洁阿姨：

您一定发现了！这封信不是手写的！

我爸单位终于买电脑了，周五晚上，他把我带去单位让我尽情地玩了个够。我的世界从此多了清华同方和双飞燕这两个好朋友。一晚上工夫，我学会了扫雷和玩纸牌，他想让我学打字，但是我不想，这么好玩的东西怎么能用来学习呢。

我想上网，但是没人教我，网络好像一个神秘的世界，要有密码才能进去，我敲了半天。过了一会儿就无聊了，接着玩游戏。我爸说，"猫"很不稳定。

我不想打太多字，让我爸以为我真的在打字。所以就写到这里了。下次来的时候，我想学怎么下载音乐。这是我的第一封电子信，送给您！

1998年10月

## [九]

亲爱的张洁阿姨：

上周我们去看了妈妈，爸爸又哭又笑的，弄得我也哭了起来。回来时他带我去了蛋糕店，问我今年想要什么样的生日蛋糕。我告诉他，我跟他的约定是用一整年的《儿童文学》作为今年的生日礼物，他好像听不懂，过了一会儿才想起来："你还定期收到杂志吗？"我告诉他，都在我的小书架里堆着呢。他又问我，那你都会看吗？我翻了个白眼，然后他说，那么多字，全是字，你看得懂吗？我一个字都不想说。过了一会儿，他又说，还是给你买个蛋糕吧。

我摇头坚持不要，心里想，反正也没有人会来，买来干吗呀。然后他就生气了，骂我为什么老是一副臭脸。我怎么知道？结果我们两个人都赌着气回去了。

结果生日那天，爸爸又有应酬，反复迟疑之后，他决定带着我去。结果，D的父亲也在那个饭局上。我大吃一惊。我爸和他爸三杯下肚后决定去他家继续喝。我第一次知道，D家原来这么大，怪不得那么多人要争着和他玩。听到开门声，D走了出来，见到我，眼里露出一丝慌乱，转身就进了房间。我也不知道怎么办才好，但大人都叫我进去和他玩，让他们继续喝酒。于是我真的进了D房间，差不多有我家客厅那么宽敞，有一张很大的床和一整面墙的书柜。见我进来，D很快又闪了出去，留我一个人对着他的大书柜。那一刻我真的妒忌死他了。不出所料，满满一排全彩的《米老鼠和唐老鸭》，满满一排的《蜡笔小新》《老夫子》《名侦探柯南》……还有各种各样的历史、地理、故事书。我挑了一本坐下来看。过了一会儿，D拿着两个冰激凌进来，站得远远的伸手递过来，哼了一声。"干吗？"我蠢蠢地问。他看着别的地方，用很小的声音说："巧克力和香草，要哪个？"我站起来，拿走了那个巧克力的。这时候他又突然说了句："我喜欢巧克力。"我不知道该说什么，只好假装没听见。D站了一会儿，又说："坐床上吧。这椅子，不舒服。"

我也想不通他为什么要放一把硌屁股的椅子在房间，于是又经过了一番尴尬、僵硬地推来推去后，我坐到他床上，摊开书。他转身走了，留下我一个人。床单是一种很细很细的绒料，大概是太舒服了，等我再睁眼，整个人都吓呆了。我竟然在D的床上睡了几个小时，而且我出去找我爸的时候，发现他和D的爸爸也在客厅沙发上醉得不省人事。D从不知道什么地方走出来，也很无奈地看着我，我只好红着脸去推醒爸爸，叫他回家，路上把他骂了一顿。但是第二天他醒来后，好像什么都不记得了。之后我们都不再说起这件事。

张洁阿姨，其实我现在真的很需要一个朋友。

您什么时候能回信呢？

1998年12月

## [十]

张洁阿姨：

傻子芳死了。

她自己一个人跑去河边。不知道怎么，人就没了。一开始以为是绑架，因为找不到人。后来才知道卷进流沙里了，过了好几天才被渔民发现。

大概是去游泳的。夏天快到了。

身边的桌子空了大半个月，直到有新的同学转学过来。我抱着桌子不让他们坐这里，被班主任训斥了一通，同班那些人也用奇怪的眼神看着我。最后我请求调到离门口最近的角落自己坐，班主任同意了。

这几天我头疼、嗓子疼、发烧，早上起不来，晚上睡不着。我爸带我去挂了水，但是没有效果，还是浑身难受没力气。连D那天戴了副跟我的一模一样的眼镜出现在教室里想逗我玩，我都不想理。昨晚妈妈又回来过一次，在门口定定地站着，看着我，表情很恐怖。我吓得大叫，醒来时又是爸爸替我洗裤子、拖地。我没有哭，反倒是大发脾气。爸爸看起来很不开心，可我更不开心。

我不想上学了。

您能不能给我回封信啊？！

1999年5月

## [十一]

张洁阿姨：

很抱歉，写上封信时我心情不太好。

爸爸终于买电脑了。我现在一边听着《无声仿有声》，一边打字，因为爸爸在看着我，以为我在写作文。但一会儿他走了，我就要去玩《三国群英传》了。

我跟音像店老板订了一张《谢谢你的爱1999》，等我爸一会儿走了，就去店里拿。这是我送给自己的生日礼物，也是我十岁生日的全部内容。跟马上就要到来的2000年一样，根本就没什么可期待的。我也不知道自己为什么要这么做。

D圣诞节要去爱丁堡。真是没意思。

1999年12月

她走了很远的路。

天气不好。潮湿的水雾加上碎石路，对行人来说不甚友好。她走了很远很远，才终于回到这里，小时候熟悉的腌咸鱼和香炉灰掺在一起的气味，还是那么浓郁，从街头一直飘到街尾。这个十字路口的四个拐角，分别陈列着音像店、新华书店、殡葬用品店，以及一间邮局。多年以后，音像店和书店的门面残破无比，堆满滞销的碟片和旧书，收银妇女整日百无聊赖地搓着牌；殡葬用品店开得蒸蒸日上，烟火不绝。唯一变化的，是邮局已经关门了。

她怔怔地看着巨大的绿色牌匾下，十几根冰冷的铁柱封着后面紧闭的铁闸，门脚还堆着乱七八糟的纸皮，被雨水泡得一塌糊涂。所幸邮筒还没有被搬走，但也锈迹斑斑，如同征战归来伤痕累累的士兵，嘴上被人用胶带粗暴地封住，歪扭的顶盖上滴滴答答渗着水。

她抚摸着它肚子上的红锈，想着里面曾经宽厚地吞食过多少她的秘密，另一只手里攥着一封信，可是已经无法寄出了。

良久，她才转身朝来路走去。还有很长的路要走，还有很长的路。


[十二]


致世界上某位陌生的张洁：

今天生日，父亲炖了老鸭煲。我在这里已能闻到香味。

昨日回老家收拾的过程中，我发现了藏在各个角落里的录音带和光碟，像玩寻宝游戏一般，还发现了母亲遗留下的《中国现当代文学选读》和《世界上最疼我的那个人去了》。后者的书页上有许多褐色的斑点，我忍着脏好奇地打开闻了一闻，仿佛希望闻到那早已不存在的酱油味，然而并未能如愿。

最神奇的事在后面：在我多年攒下的一摞摞信件里，有不少是来自全国各地的笔友信，我清晰地记得一封未回，于是便不以为意地打算全部扔掉，其中一封却鬼使神差地掉了出来。读完这封比我记忆中还要短许多的信，一个念头从我脑海里闪过。长这么大，我一共认识六位张洁、四位李想、三位刘畅、三位张敏。遂拿出手机查了查，果然在全国找到了七万九千多个同名同姓之人，其中作家就有好几个。我模糊地想到自己童年时的心事，一直断断续续地被某个陌生人阅读。这件事对现在的我来说，不回应是唯一正确的回应，事实上也几乎如此。然而这封短短的信却打破了一种似有若无的缄默……如果我没有发现它，那么今天只是简单地收拾、打包、搬家、回家和父亲一起吃个饭，度过又一个平淡乏味的生日。而它现在却躺在桌上，提醒着我，你看过了我许多秘密，甚至可能比现在的我还要了解我自己，但是你在哪儿呢？你看过之后怎么想的？做了什么？你有跟其他人聊过吗？想和我聊聊吗？甚至我很好奇，你还在世吗？所有这些问题我却永远无法找出答案。

我并未责怪《儿童文学》的编辑，也自知不能怪罪任何人，如果非要有，那就是我的母亲。然而这么多年，我早已懒得想起她。曾经有好几年，我将自己身上的一切不顺遂迁怒于她，后来才知道，这是一种多么卑劣而懦弱的行为。现在的我越来越懒，也越来越平和了。

回老家时我绕了个远路去了新建的跨江大桥，那里距离我一个童年朋友丧生的地方不过百米，曾经那些在水底下危险的流沙漩涡现在已经变成了钢筋水泥的桥墩。倘若她的尸骨仍在，或许已成为了那座桥的泥石的一部分。新桥其实很美，鎏金般的落日抚着水波，涛声似熟睡的轻鼾。那一刻我仿佛感觉到整个宇宙的心脏在水底轻轻地跳动，声音不大，却很有力。我站在桥上读着地平线周围的云，像读一本摊开的大书，带着累积多年的困惑和恼怒。长大并没有解决我的所有疑问，反而还放大了它们。所有的谜题都显得比以往更难。

父亲叫我了，就此搁笔。

无论你是谁（我只知道你叫张洁），愿你长命百岁，幸福安康。

不具。

2016年12月

⊤

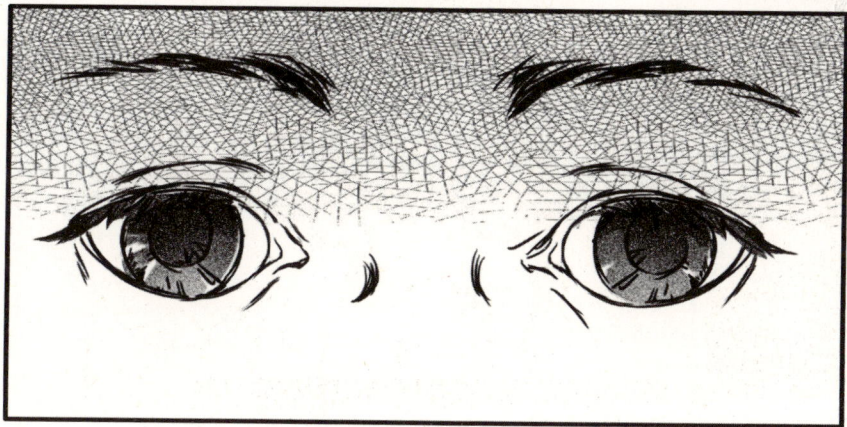

·2000 年以前·

《儿童文学》

于 1963 年创办的杂志，旨在给少年儿童读者提供更多文学阅读体验。

《世界上最疼我的那个人去了》

张洁于 1994 年创作出版的长篇散文，作者把自己和母亲最后的回忆与情感写成了此书。

猫

即调制解调器，因其 Modem 的谐音，所以中文称之为"猫"。20 世纪 90 年代，互联网初期进入人们的视线与生活时，可以用 Modem、电话线来使电脑进行拨号上网。

《谢谢你的爱 1999》

谢霆锋于 1999 年发布的第一张国语专辑，也是他的成名专辑，同名主打曲《谢谢你的爱 1999》在当时具有很高的传唱度。

《无声仿有声》

夏无觞 / ILLUSTRATION

# 牵牛花

·········· TEXT ··········

落落

从宾馆出来，天已全黑，赫尔辛基的街道在冬夜中平凡得让人伤感。楼宇，街道，中间路过的一个干枯的花园，几乎和她老家没有太大的区别。等到了白天才更显眼的要素——那些芬兰语的商店名，马路上高大的北欧人，在夜晚他们是被抹去的。于是她走一会儿心里的疑惑越来越成形，透明的冰块硌在一呼一吸中，她觉得自己走得还是不够远，还是不够，陈旧的回忆俨然正在嘲笑她刻意拉开的距离。它挺得意的，在冬夜驭着月光，月光极远，但紧紧跟随。回忆就是这样。极远，但紧紧跟随。

手机显示目的地还有三个路口，大概步行五分钟。周雪的步速总是比常人快些，所以得再扣掉点时间。她很小就养成了走路快的习惯。小学六年级的班会后，老师对她父母说"你女儿总是静不下心"，父母回来对她说"你就不能太平点"。她觉得自己挺太平了，上课从不主动举手回答问题嘛，亲戚来家里吃饭她躲得像只鹌鹑。也只有课间休息或放学后，她想去结交朋友，搞不好还能混到个小头目当当，她努力编用来嘲笑自己的笑话，拿出零花钱去买饮料请客，但她的笑话不太有趣，请客的饮料在小孩子的身体里停留的时间更短，上个厕所就当什么也没发生。努力半天也没什么朋友，围着谁也轮不到她，她一个人在放学路上走得飞快，是生自己气的一棵苍耳，撞了墙角那边过来的班主任，所以班主任才会给了这样的评语吧。

"静不下心。"

不全对，静得下心的时候反而更多，回家躺在凉席上，看得见窗户外的白墙，一朵牵牛花努力开了很久，努力得让人绝望。

目的地的浴室在一个居民区外。赫尔辛基的居民区看起来真没什么新鲜的地方。大概世界上所有人，要吃要住要睡都遵循一致的模式。浴室用了她的老家也很常见的灯带示意，白底红字。在一栋大楼的底层，开了个入口。一个女人坐在售票柜台后，隔着玻璃。

周雪买了票，又按照女人的指点，取了置物箱的钥匙，领了两条干毛巾。

最初是什么原因？她向公司请了十天的假，从瑞典到挪威，最后一站是芬兰，走马观花地花掉了九天。最后一天在赫尔辛基无所事事，入冬后的城市看不见太敞开的迎客姿态，一场大雪把"各过各的"企图暗示得分外明显，白天她趴车站前的溜冰场栏杆上发了半天呆，回宾馆后躺了半天也想不出去处，后来搜维基百科，看到一句话：兰是桑拿的诞生之地。大概就是从这句话开始的。

其实不对。

她一边在更衣间脱衣服一边想。

更衣间布满了使用很久的痕迹，毕竟是网络上推荐的，赫尔辛基最有历史的桑拿浴室。历史被强调在每个地方。包括它那个藏在小区楼里的入口。

其实不对。

牵牛花努力了良久，在某个清晨，她忽然看见，墙头多出的白色光斑，在风里动了动。着实普通。她觉得泄气，尴尬得没有办法多看一眼。当时不明究竟，但内心的失望是实打实的。努力只是一个描述，努力只是努力，努力和之后的成果没有任何关联。

晚上她的母亲收拾完东西，满满两个大塑胶袋，领着她走。她父亲一早去单位的总部值班了，每个月会轮到两次，总部地方偏，但是个大房子。房子里装着她过去只在迪士尼童话里看见过的吊灯。卧室有好几间，虽然大都在下班后上了锁。客厅里的电视她张开双手都合抱不过来，还能收到说外语的国外频道。最最重要的是，房子里有好几间浴室，留给员工用的那间，有浴缸，大理石的地面纹路像蛋糕，还有一开水龙头将人淋出满足的微痛的水压，把她洗得丢掉片刻的魂。

一个月有两天的机会，她被母亲带着，她们的行为是要瞒住别人的，公司当然不允许员工家属晚上偷偷过来住，还洗澡洗出一脸主人翁的享受。她当然也知道这事不体面，晚上跟着父母，在大房子里不敢开大灯，两大一小，三双手只能凭着电视屏幕光摸索。可这又算什么呢，好好地洗个澡的诱惑能够克服其他一切愧疚、自卑和恐惧。

自己家里有一根橡皮管，没热水，夏天可以冲凉。到了冬天，工程就变大了，先搬一只巨大的澡盆到房间中央，然后煤气灶上的热水要烧好几壶，一壶一壶往盆里灌，往往还来不及兑冷水，盆里的温度已经降得差不多了。她母亲有条不紊，她手忙脚乱，在浴盆上挂出一圈天灯似的塑料薄膜用来阻挡热气过快泄露。薄膜沾了厚厚一层水汽，她洗得悠闲了可以在上面写字。但悠闲的次数太少，因为她还得赶紧出来，要再兑热水，换母亲洗。有一次她被催得急了，出浴盆时绊住塑料膜，膜缠住她，她挂住澡盆，一阵大喧嚣后，房间里闹洪灾，楼下的邻居上来要骂。

后来同学问，喂，周雪你多久没洗澡啊，你头很臭。

她的说法是，冬天洗得少不是很正常吗？

住公寓楼的同学说，我冬天也每天洗澡啊。

她盯着对方想，你把我过去请你的饮料都还给我！

小学生的思维直来直去。她觉得自己臭得很。但臭也比邻居骂完她家，她母亲又骂她来得好。

所以，父亲值班时的那个大理石的卫生间，她在里面就把洗澡这件事做出仪式感。小学六年级还没开始发育，豆芽似的胳膊和腿，头发也毛哈哈的，难怪被说很臭的时候，没有其他哪怕一个人会站在她这边。并不会看在努力的分上，就去夸那朵平凡得可怜的牵牛花。对视只有留给彼此的尴尬。替毫无优势的人讨要赞美，反而接近更恶劣的羞辱吧。

　　她坐在那个过分漂亮的浴室里，看十一岁的自己，没有任何梦想的样子。梦想为什么一定要写在作业本上？让老师评价有多高尚，有多美好？为什么梦想不能是我想好好洗个澡？

　　更衣室往里是淋浴间，和所有澡堂没区别，她洗得有点想发笑。远在异国又怎样，墙上没有一个外文字的说明时，说自己是站在家乡的公共澡堂里一点问题也没有。洗完头发，冲完身体，除了她之外，总算又有客人出现了。她听见更衣间里有声音，而后淋浴间的门被推开。周雪把头发朝前甩着，低头看水柱延续头发的生命。进来的女人只是眼角余光中一个模糊的轮廓，周雪看见对方停在距离两三个喷淋的地方。

　　父亲下岗的通知来得很快，和他把周雪母女偷偷带进公司洗澡无关，单纯是他能力不好。这个结论是周雪听她母亲和姊妹聊天时说的，母亲的背叛来得很是无耻，"你说哪个有能力的员工会连浴室也要让老婆孩子占便宜"。周雪做着作业，只担心自己又要被同学嫌弃头太臭了。要么再重新开始过去的生活，往家里搬那个大盆，可这由不得她决定，得看母亲心情。

　　"为什么不去公共浴室呢？"母亲的姊妹突然问。

　　"啊？……"一下踟蹰起来。

　　"新开的那个挺好啊。我一直带我家珠珠去的。洗得舒服啊。"姊妹推荐得诚心诚意，"你就带小雪去呗。怎么不比你在家自己倒腾好啊？那个大盆，重成什么样子，你每次搬过来，洗完又搬回去，累死了好吧。"

　　"也还好。浴室毕竟是公共场所……不干净。"母亲要把话题转开了，"珠珠报的算术班读多久了呀？"

周雪做功课的笔停下来，她和母亲隔空对视了一眼。她自己当时并不知道，那个眼神叫意味深长，她还在酝酿一个无效的开放。相比之下，母亲的动摇清晰得多，算数班的问题听到答案了又一模一样地重复问了一遍。

冲淋完成后，桑拿间在最里面，门是加厚的，一侧木头，另一侧是铁。她很好奇，进去把这个房间来回打量。房间中间是个烟囱状的装置。下面犹如炉子，上面通着长长的管道。炉子里装满了乌黑的木头，还是煤？摘了隐形眼镜看不太清。角落放着一个大木桶。房间周围大半扇是阶梯状分布的宽木台阶，可以容人平躺。

"好吧，看看发明桑拿的地方的桑拿，是什么样的。"她想着，把这句话绕口令一样在脑海里来回走了几遍，忍不住咻咻地笑了笑。

她裹上毛巾，慢慢爬到最上面一层的木头台阶，躺一会儿又坐起来。并不觉得多热。再躺了下去。身体居然一点点开始凉。她扯了扯毛巾。

小学同学里她是不是最后一个才搭乘过飞机的？毕竟没多久她就懂得，群体的利益不代表个人，千万不能因此产生虚妄的幻想。大多数人都有和睦的家庭不代表她也非得有，大多数人陆陆续续搬进新建的高楼不代表她也非得搬，大多数人向往毕业向往初中高中，向往尽快成熟不代表她也非得有同样的向往。

她似乎很早就放弃了对成人的美化。比起儿童们的惧怕和谎言，成人的软弱和虚伪必然是糟糕百倍的。过去她跟着父母把过完夜的公司大房子恢复成原样时就这么想，母亲会因为周雪漏捡一根掉在浴缸里的黄哈哈的头发而大发雷霆，警告她不要害得他们全家暴露，一根头发就能击溃的塔基是多么摇摇欲坠。后来她父母办离婚手续，她被推来推去，像个乒乓球，双方选手全都表现出色，将球还击出去的理由一个比一个合理："孩子是你要的，我说要打掉的。""说我没有人性，这句话原封不动还给你。""手续还没办完呢，就开始动再婚的主意了，真当我是傻子瞎子，什么都不知道啊。"成年人的行径，为什么从不因为他们的经历和经验得到了足够的累积后，而能够稍稍被美化一点呢。相反，他们却依旧抱着一眼就被看穿的粗鄙，"吃过多少盐""走过多少桥"，照样一言难尽地失败。

"她都那么大了，我带她方便吗？""我带她就方便了？这么多年连澡堂都进不去！"


真的奇怪，桑拿间里一点也谈不上热，甚至随着水泥墙的持续缄默，越来越凉。原本多少有些跃跃欲试要挑战一番的心情也跟着冷却下来。而后周雪听到那个在她之后抵达的客人也来了，门被她推开。对方进门后好像有些吃惊，也是因为这里的温度吗？周雪坐起来，把身体往角落挪。其实没有必要，整个房间依然空得很。但她无非延续一直以来的习惯罢了。

周雪看见那个女客人走去一旁的木桶，从里面舀出一勺水来，她把水浇在炉子里乌黑的煤块（或是木炭）上。几乎是一瞬间，以肉眼可见的强烈程度，周雪看见炉子里腾起一阵浓浓水蒸气，房间里的温度须臾改变了。原来刚才一直都是她自己不会使用而已，整个桑拿装置闲置了那么久，想到它那么眼巴巴地看着自己，着急又不能说话，但房间里都是它的争辩吧。因为的的确确就在几秒钟里，滚烫的水蒸气涌向房顶，而后快速地下坠，周雪坐着的第三级台阶离房顶最近，于是她可以清晰地感受到，轰然降临的灼热如何沉甸甸地把她点燃。烫，盖着皮肤的，呼吸进鼻腔的，熨着眼眶的，都是同样滚烫的潮湿，体感瞬间遭遇由煎熬和压力构成。

那就忍。

女客人即将把自己落座在周雪下方，可她一瞬顿住了，她的眼睛停在周雪右边的大腿上，就算礼仪两个字一直试图劝说她尽早转开眼睛，可她做不到。她那样震惊地盯着周雪的腿，从大腿向小腿延伸，蒸气和汗水好像把她身上溶化了一块，让血和肉浓稠地流成一片永恒的秘密。她真的冲周雪举起手来，指着周雪的腿，她用芬兰语嚷嚷的什么周雪听不懂，但能猜得到是什么意思，"你烫伤了！""你不能在这里继续待下去了"。周雪冲她笑笑，摆摆手。

"没事。"她用英语回答，"很早以前了。"

最早的时候家附近不是这家澡堂。母亲姊妹说的已经是前一家倒闭后开的第二家了。最早那家开张的时候周雪更小，刚读幼儿园大班。冬天里母亲隔三岔五带她去澡堂，把她往换衣服的凳子上一举，让她脚抬起来帮她脱棉毛裤。旁边同厂的女工有时会来聊天。说厂里发的粽子，说门口的路要修到什么时候，说小周雪你的辫子绑得真好看。也说小周雪你腿上撞伤啦？母亲就说不知道呀，什么时候弄上去的。大腿外侧一块鸡蛋大小的血红。

澡堂里舒服归舒服，但闷湿得厉害，总是喘不上气。要不就是她站在凳子上，头撞到一边打开的柜门。要不就是她缺氧，扶着母亲软软的要晕厥。"事真多啊。"母亲嗔怪过她，语气里却没什么真的烦闷。她被母亲搂在肩膀上，软软的像个半融化的小熊软糖，由母亲帮她把棉毛裤穿好，这时候路过的女工看见了，又发现什么似的："哎？小周雪不舒服？……她腿怎么啦？"

具体是从什么时候开始，腿上的变化发展成一种严苛的病症。它们成熟得比什么都快，一开放就是漫无边际，把她的腿当成沃土，在上面栽种出欣欣向荣的花丛。成熟得血腥。

周雪是过了一阵才发现，母亲很久没有带她去公共浴室了。去完三次医院后，母亲买了那个大澡盆。一开始周雪很兴奋。浴室她说到底也谈不上喜欢，脑袋上撞出大包，或者头晕得要栽倒，她都不喜欢。浴室里也总是看起来不怎么干净。角落堆积着各种一次性洗发水包装。凳子角落总是缠绕着别人的头发。所以当时她对能告别公共浴室高兴极了。在大盆里把自己想象成天灯的灯芯，意气风发地燃烧。

加了三次水之后，桑拿间热到了需要靠意志坚持的地步。周雪躺回去，和聚集在屋顶下的滚烫蒸气共生。它们就在这里，熙熙攘攘地孕育着考验，这考验熨她的眼睛，熨她的鼻子，熨她挂了满腿的病症。它们大概是嗅到了一丝同类的气息，在上面久久地留恋。既然都一样地需要以忍耐来对抗，都一样地灼烧，一样地折损她的精神。

两个大人吵不出结果，周雪的头痒得受不了。她一个人溜去了那家新开的公共浴室。

连地址都没有变。原先摆放柜台的地方依然摆着柜台，朝向都没有变。老板是换了人，但老板递给周雪的置物箱钥匙依然没有变。周雪掀开垂挂在门上厚厚的黄色塑料胶条走进去。浴室里含混而沉默的热气依然没有变。唯一不同的是这次母亲不在身边，要从厚厚的冬装脱成赤条条，这个过程就让周雪挂了满头的汗水。第一次独自去洗澡，果然丢三落四，一会儿把毛巾锁在了箱子里，一会儿又忘了洗发水。她跑进跑出，周围客人的视线就这样慢慢集中。她们的议论比周雪在医院时听见的丰富，或许因为医院里像她这样的病患并不罕见，可公共澡堂里是不同的取样场所。这里的群里共享无风无浪的平凡，谁家女儿头发剪坏了都能成为话题聊半天，面对周雪一腿的异样，舌根们几乎一时无从下口，唯独动作先行，离她远一些，再远一些，好像从她身上溅下的水也带着传染的红色，会借由这片沉闷的湿热，让所有人和周雪落入一个遭遇。

只有一个两三岁的小孩子，冷不丁哇地大哭了起来，小孩不说话，但哭的是所有人心里的句子，"太可怕了""是什么""怎么会呢""太可怕了"。

太可怕了。她得病的腿。腿得了病的她。

太可怕了。

周雪洗得两眼都是肥皂泡，没办法，以前都是母亲帮着弄，让她把头后仰，母亲就举着莲蓬头为她冲干净，母亲的手始终是细致的，像她在厨房洗着韭黄的时候，还能安安静静地做着家务时的母亲非常秀美。轮到周雪第一次自己来，必然冲得一塌糊涂，眼眶红得像待宰的羊，眼泪对于结局的改变无济于事。

两三岁的小孩子哭得快要气竭，周雪没有在这个哭声里落荒而逃，那会儿她认准了自己明明也无非就是一个小孩子，凭什么要在这个时候为成熟买单。她就是要把黄豆芽一样的身体，毛烘烘的头发，还有一腿的灾难一股脑地浸泡在公共浴室里。她享受不了别人家的好，享受不了别人家的女儿使起性子时的自然，享受不了别人家一台大画王电视里亮着的多个窗口，享受不了别人家同舟共济的无声誓言，那么别人也无须担心会分担到一丁点源于她的病痛。

她洗得挺干净了，唯独滚了一身旁人的视线和耳语，拿她当脏东西的视线和为之附加点评的耳语。周雪走出淋浴间回到更衣室，她还是站在椅子上，两条腿要穿棉毛裤，她眼前一黑，栽了下来。空气不流畅加低血压，她在地上砸得像颗被雨打落的橘子，离成熟还远得很。


同屋的那个芬兰女人什么时候离开的，周雪居然没有留意，等她支着身体坐起来，揉揉眼睛后，发现屋里只剩下自己。离前一次加水过了多久？呼吸起来没有那么难耐的灼烫了。周雪一级一级爬下去，舀了一勺水，又一勺。水碰到木炭的刹那——似乎就是那个刹那，开始和结束同时发生，胜利和失败同时发生，希望和绝望同时发生。整个屋子都充满了所有这些矛盾激发后的热度。

门又被推开了，芬兰女人回来了。她看见周雪的动作，朝她称赞地笑，再开口换了不那么流利的英语。

"你受得了？"

"啊，我还行。"周雪边说，边重新坐回去。

"是啊，我看你还一直坐在最高的地方，上面最热了。"

"是很热。"

"你从哪儿来？"

"哦，中国。"

"你在中国也经常去蒸桑拿吗？"

"反而没有。"

"中国有吧？"

"有，挺多的。"

"我看你那么习惯，还以为你喜欢。"

"倒也不是喜欢，就是没那么难受。"

"蒸桑拿到后来都是考验意志力了。"

"这个我习惯了。"

别人的缺陷都是模棱两可的，没准需要找很多文章来悲切地印证，他们是软弱，是愚蠢，是肤浅，还是傲慢。但周雪的缺陷不需要任何旁敲侧击的渲染，它们是大笔挥就的署名，在她腿上盖棺定论。她高中时离校太远，本可以申请住宿，但为了不让自己的腿成为舍友们的话题，她宁可天天早上五点半出门。五点半的天，在冬天黑得不留一丝余地。她大概就是那时隐隐地怀疑，也许一辈子也好不了，不是指腿上的状况，而是自己。她一辈子也享受不了其他人的平凡乐趣和平凡苦恼，她一辈子成不了被仰仗的人物，她一辈子摆脱不了受点滴恩惠后的绝望——好比能洗个舒服的澡。

倒在浴室的那天，隔了很久没有人敢来搬运她，比起她的一脸苍白，他人无法不把视线集中落在那条受了诅咒般的腿上。它的面积和颜色都远出乎旁人的日常生活，在那个时候，更仿佛周雪栽倒不是因为空气不流通，而是因为它的发作。

周雪母亲是比老板拨打120早一步到的。从那以后她不允许周雪再去公共浴室一次。

"你听见了没有？"

"听见了。"

"你跟我保证。"

"我保证。"

"还有，你爸跟我办完手续了。"

"我跟谁？"

"你跟我。"

"噢……"

"怎么？"

"妈，你好倒霉哦。"

她后来时常路过那个公共浴室，毕竟整个城市都花了好多好多年，才逐渐地让大部分人住进了有单独卫生间的楼房里。公共浴室活得很坚挺，靠吞噬那些慢一步的，总是背后爆发"到底有没有本事"的人的自尊，活得很坚挺。但周雪的确再也没去过。夏天她在皮管子下冲凉水。冬天和母亲搬运那个大盆。熟能生巧，她两条豆芽苗似的胳膊，或许就是在这样的一年年后，连小小的肌肉都养成了，它们在周雪的两臂下不声不响地努力。

周雪也努力过——可能换个更确切的说法是不放弃过。她还得照样继续地活，很难交朋友，但也不是没有朋友。谈不了恋爱，这个实在没有办法。和母亲的关系整体趋好，却同时趋远……她总得想办法找自己能活的路走下去。有没有真的脱胎换骨呢？天上掉馅饼似的出现可以痊愈的消息，或者完全和它做心理上的分割，像一些神奇的人物那样，不被身体的缺陷影响自己的意志。

不知道到底出了多少汗，更微妙的是，每一次都认为自己习惯了，可每一次新的蒸气生成，身体给予的反应还是煎熬和忍耐，丝毫没有习惯。

没有办法习惯。

近乎刑罚般的高温。

周雪并不清楚自己应该什么时候结束。一旦进入忍耐模式，那就很难终止。因为宣布的不是结束，而是失败了。她什么时候走，都是一次"忍不下去"了的放弃。这对她来说无法想象。


忍不下去了。

必须忍下去。


事实上，她并没有完全地忘记。恰恰相反，从来没有模糊，无论过去多久，记忆一如既往地清晰。她不用费力，就可以将自己重新放回当初的那个浴室。午后里面的空气吸收了阳光，也吸收了阴霾；吸收了浓重的呼吸，也吸收了发泄的唠叨；吸收了洗发水的薄荷味，也吸收了沐浴乳的奶香。她躺在吸收了所有一切的空气里，头脑一片空白，身体不属于自己，是个在故障中暂停的躯壳。围观的视线在这副躯壳上留下浓重的划痕，而后他们的声音在上面继续加工。

"这什么毛病？"

"不知道呀——"

"哎……说起来，你听过哦？说她妈结婚前一直在外面乱来的——"

"什么意思？"

"哎你想呀……女儿这么小就带着这种病……"

"哦——你说她妈——"

"我可没明说哦。我以前还不信。"


等周雪长大到可以组织流利的语言去驳斥那番不懂装懂的八卦时，公共浴室却拆除了，曾经在里面进出过的人彻底地消失。她将永远成为母亲一个莫须有罪名的证据，在赤裸裸的身体和赤裸裸的嘴脸中间被流传。

在母亲病床前，周雪和她提起过。当时她给母亲削一只苹果，苹果皮从头到尾没有断。母亲说都不知道你什么时候变这么能干了。周雪说你不是每年都要夸一夸我吗？周雪跳槽时，周雪晋升时，周雪遇到个不错的男生，虽然最后还是分手了，但母亲夸她分手时的态度处理得不错。也花费了很久的时间，才让母亲领悟到，她的奖励应该来得更早一些，不应该错过女儿的青春期，直到女儿将近三十才姗姗来迟。

　　周雪用勺子把苹果刮成泥，一点点喂给母亲。没吃完半个，母亲反而把先前的午饭全呕了出来。医生说新换的药副作用更大一点这话果然没错。

　　母亲是在什么时候重新提起浴室的事？哦，对了，说护工擦身体擦得比周雪好，当然，母亲还是补充了表扬的，但周雪的手热，护工的手冷一些。

　　"这个时候就想，回家好好洗个澡，多舒服啊。"

　　"你在家的时候洗澡也才十分钟吧。"

　　"那不一样嘛。"

　　"你这次回家我帮你好好洗一洗。"

　　"没办法的。现在冬天，浴霸开了还是冷。"

　　"你怕冷，我就带你去外面的浴室洗好了。"

　　"现在外面哪还有公共浴室啊。"

　　"有的啊，只不过叫桑拿了。"

　　"带我蒸桑拿，也不怕我晕过去。"

　　"掐人中嘛，跟你以前掐我一样。"

　　"你倒还记得。"

　　"嗯……我记得。"

　　"小雪。妈妈不觉得倒霉……妈妈反而觉得，是我害你倒霉。"

　　"我的腿病看不好又不怪你。以前没钱嘛。"

　　"以前是真的没钱。"

　　"就是。特别可怜。"

　　"但是……"

　　"啊？"

　　"现在……有钱也看不好的病一样多……"母亲转过头去了。

　　周雪把苹果放回去。她去母亲的床边看那个挂着的尿袋，过了线了，周雪替母亲摘了尿袋去清理。

　　拿了十天丧假，周雪一开始不知道要干吗。她处理完最后一点杂事，整个人累得几天没洗澡，但她更没力气爬进浴室，倒在地上徒劳地睁着眼睛。

　　"要不去远一点的地方……"

　　远一点的地方？云南、新疆，还是俄罗斯？或者干脆再远一点，远到别的事物追不上。

　　至少忍到了芬兰女人离开后，周雪觉得自己在对方之后结束，似乎谈不上是认输了。走到室外的更衣间，她一口气喝了三杯水。更换完衣服，还了钥匙走到楼下。芬兰女人原来不是结束桑拿离开，她穿着三点式泳衣，裹着浴巾，大冬天的在楼下花坛里和人聊天。看见周雪了，和她打了个招呼：

　　"中国女孩，回去了？"

　　"对，我结束了。"

　　"感觉怎么样？神清气爽吗？"

　　"还行，还在晕。"

　　"过一会儿就好了，过一会儿就头脑很清楚很清楚了。"

　　周雪往外走。远在赫尔辛基的浴室，设施和家乡的没什么差别。远在赫尔辛基的小区，布局和家乡的没什么差别。远在赫尔辛基的马路，黑黝黝的和家乡的没什么差别。照耀着赫尔辛基的月亮，和家乡的一模一样。被月亮照着的她，走过一个路口，又一个路口，她一点点从先前对抗般的迷失中醒来，高温退去后，整个身体的表层还残留着一层粉红，但脑海中的确很快，在冬夜里迅疾地醒来。她并不只是在想念母亲，她想念可以想念的一切，想念父亲，想念那个天堂似的大房子里的浴缸，想念还能被这些苦恼包围的童年，想念那个令她成为标靶的事故，想念发生事故的公共浴室，黄色油漆刷得不平整，窗框上一个个鼓包，想念不受欢迎的童年，想念墙上那朵努力不出结果的牵牛花。它一直在蓄力，它攒阳光，攒水分，攒得人手心冒汗。可它从一开始就没有想过要多么惊艳的结果，它只想要一个开放。墙头上新生的颜色，白色的光斑。

发现牵牛花开了的第二天，墙上多了根简陋的木枝，用塑料线固定在了墙头和墙根。

母亲看见周雪回来，催她赶紧洗手。周雪问："墙上那是什么，谁弄的？"

母亲一边切着韭黄一边说："我弄的。"

"啊？妈你弄的？为啥？"

"因为花开得很辛苦。搭条线，让它爬藤方便一些。" Ⓣ

《牵牛花》
夏无觞 / ILLUSTRATION

## 公共浴室

早年因为条件的限制，很多居民屋
并没有单独的淋浴室，因此人们会
出浴资在公共浴室解决洗澡的问题，
在冬天去的人相对较多。南方的公
共浴室多是淋浴为主，而北方澡堂
的则会有浴池供泡澡。

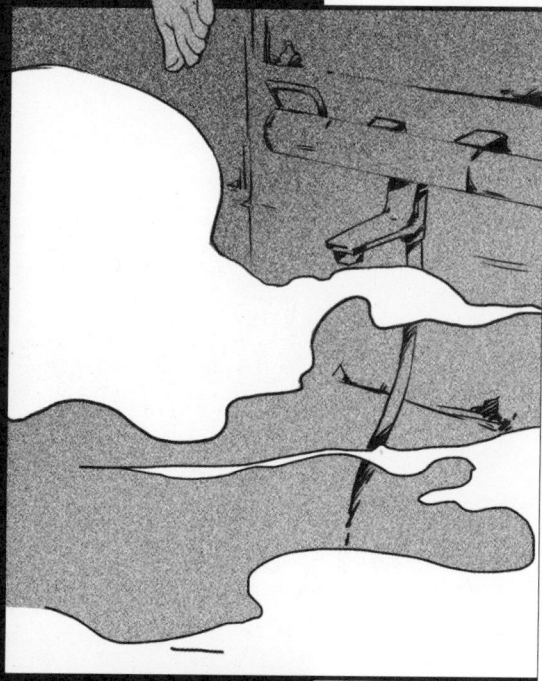

"喂喂？……是我。"夜晚街角的一隅，男人掏出了手机，凑近脸颊，"还好吗？记得我的声音吗？

　　"刚才忽然想起你来了，还有我们住过的那条街道。就刚才，我下了地铁，回家的路上，走一小段夜路的时候。我记得你十四岁的模样，上唇的毛都是软的，穿一条土气的牛仔裤、白衬衫，左胸上有个学校的徽章，特别傻。"

　　"听得清我说话吗？刚才街边有个女人在哭，挺吵的。如果是你，就连这种小事也会让你感伤吧——我就不会，我同过去相比已经变了很多。"顿了顿，男人接着说，"……我还记得哦。那个绿色的邮筒，还有学校后门那家租书店，上学放学路过的录像厅和音像店，街对面的歌舞厅。

　　"全都关门了。现在哪里都找不到那样的商店了，路上想找个邮筒都不容易，已经没人寄平邮信了吧。"

　　"最近……我老是想起那条街道。有时候怀疑，在我少年时代是不是发生过什么深刻的事情，被我故意忘记了。记得的只有那条街上模糊的风景，人们模糊的形象，我在租书店里租过的漫画书的封面……我老是对这些小符号念念不忘，好像有更深刻的东西藏在它们的后头，每次想到它们，感觉就像是经过了一个个挂着门帘的小门，每一扇门后都有一个秘密在召唤我进去，可我就站在门口，凝视着它们。

　　"我的少年、我的爱、我的欢喜、我的死、我的幻想，都藏匿在那条街的风景中，现在被放置在黑暗里。"

　　"你问我想不想回到少年时代？当然不想。全是黑历史，而且也回不去。也不是什么深刻的青春，没有必要紧抓着不放，只是怀念而已。

# 关于我和我住的这条街

"有时候做梦会梦到那儿，醒来时好一阵子回不过神来。这些年我去过很多地方，有时候去一个城市旅游，路过一些老巷子、老民居，就会想起那条街来。还有一些气味、光线、温度，也会让我突然想起些什么来。这种感想你叫我和谁说去呢，和谁说都不适合。它们是只属于我一个人的回忆，是我的秘密。

"——那会儿你不是说，你觉得世界就要消失了吗。'等你长大了，你将不再是少年的那个你，承载着你少年时代的那个世界就会消失'，是这么说的吧。我告诉你，错了。不是这样的。所有存在过的东西都不会消失。"

"一旦回想起那条街道，我就感觉自己变回了十四五岁，连呼吸的空气都变成了那时候的空气，下一个瞬间我又回到这里了。怎么说好呢……"男人说道，止步藏身在行道树下的黑暗里，马路远处的灯光在他的眼中闪闪发亮。

"对了——简直就像是我的一部分灵魂，还待在那条街上，永远永远地在那儿游荡似的。"Ｔ

幽草/TEXT

# 怀旧青春与流行文化

文学 · 电影 · 诗歌 · 摇滚 · 漫画 · 城寨

流行在时间的轨道上流动，
人们在它掀起的浪潮中前行。
少年人明晃晃的青春被照亮，
它成为消遣、成为娱乐、
成为热爱、成为信仰，
终成为记忆。

一切在逝去、翻新、轮回。
在此选择文学、电影、诗歌、摇滚、漫画、城寨六个角度，
用图片与文字呈现六段关于流行的光影片段。

谨以此记录曾经属于青春的流行光辉。

POST CARD

CORRESPONDENCE

ADDRESS.

卑鄙是卑鄙者的通行证，
高尚是高尚者的墓志铭。
看吧，在那镀金的天空中，
飘满了死者弯曲的倒影。

冰川纪过去了，
为什么到处都是冰凌？
好望角发现了，
为什么死海里千帆相竞？

我来到这个世界上，
只带着纸、绳索和身影。

九盏灯（组诗）

左: 笛安父亲 李锐　中: 史铁生　右: 笛安

# 我们都没去过的地坛

笛安 / TEXT

笛安 丨 上海最世文化发展有限公司签约作者。

已出版作品: 《西决》《东霓》《南音》《南方有令秧》等。
笛安出生于作家家庭, 父亲李锐先生母亲蒋韵女士皆为当代著名作家,
作品多次荣获文学奖项, 被译为多国语言出版, 并且李锐先生是国内唯一获得
法国政府艺术与文学骑士勋章的作家。

**史铁生**

中国作家、散文家。
著有《我与地坛》《务虚笔记》《病隙碎笔》等。

　　我已经想不起来具体拍摄这张照片的年份，我认为是1995年或者1996年。我惊讶地想，我的爸爸在这张照片上怎么那么年轻。而我——头发剪这么短的时候，应该已经读初中了。满脸都是跟所有人闹别扭的青春期表情。中间那个人，就是铁生叔叔，因为我们三人都是坐着的，所以看不出他坐了轮椅。那个时候，《我与地坛》好像还没有被选入语文读本，我也没有读过——我对于"史铁生"这个人的认知，首当其冲的并不是"一个作家"的身份，我最先记得的，永远是，他是爸爸的好朋友。我爸爸这个人，是一个无可救药的处女座，他没什么朋友的，他把一个人认作"朋友"，那其实就等于是非常非常重要地托付。至于我们普通人都有的"普通朋友""酒局朋友""泛泛之交"——对我爸爸来说，都是世界观之外的存在。

　　爸爸是在北京长大的，和铁生叔叔一样。他们一同在20世纪60年代的时候去乡下插队，做"知青"，在日复一日的艰苦劳作中渴望着能读点书，阅读能让他们心里有种吹吹海风的错觉。据我所知，爸爸开始写作的时间大约比铁生叔叔早一点。因为那场导致他坐上轮椅的疾病，铁生叔叔回来了北京，而爸爸没有。小学时候，每个暑假，爸爸会带着我到北京，准确地说是回奶奶家，有一个项目是每年都不会漏掉的——总会在一个下午或傍晚，爸爸骑上三叔或者姑姑的自行车，把我放

作家史铁生

在横梁上，我们去看铁生叔叔。

他摇着轮椅给我们开门，脸上总是笑着的。我静静地坐着，浑身紧张，我是个神经质的孩子，来的路上爸爸嘱咐过我，绝对不可以问关于铁生叔叔的腿的问题，于是我紧紧咬住牙，似乎觉得只要精神松懈了，关于"腿"的事情就会不受控制地被我说出来。可是，铁生叔叔给我的感觉，却是一个爽朗的人，喜欢开玩笑，于是我不由得想，是不是即使不小心问到了"腿"的问题，他也不会介意的——当然，我就是想想。

他看着我，问："我们说的话是不是很无聊呀，你好像都犯困了。"

就这样，一年一会，直到第四年，我才真正读了铁生叔叔的书。第一篇，不是传说中的《我与地坛》，是一篇讲述他少年时在陕北插队的文章，叫《我的遥远的清平湾》。我觉得，在字里行间，我听得见铁生叔叔说话的声音，平和、宽厚，说的都是贫瘠的千里赤地上一些没什么希望的人和事，但是，语调里没有苦难，只有包容。我跟爸爸分享过这种感觉，爸爸说，那当然，铁生是好作家。

很长的一段时间里，他们一年就是这样见一两次面。后来因为铁生叔叔的身体状况，连一年一次会面的频率都无法保证了。后来，在我已经上大学之后，某次跟着爸爸去吃饭，忘记了是见谁了，席间有人谈起铁生叔叔的近况，指的无非是他又在做透析之类的，爸爸突然有点激动地说："铁生那个时候的《我之舞》，写得多好啊。我看完都傻了，可是他们不懂，那些人什么都看不懂，根本不知道奇迹就在他

《文艺风赏》创刊号
刊登史铁生小说《我之舞》

们眼皮子底下发生……"至于"那些人"指的是谁，我不问了，席间其他食客也没问。中国人是非常擅长化解尴尬的——那一瞬间，我在想，所谓的高山流水，指的应该也就是这个了。虽然他们是同行，可是写作对他们二人来说，意义是不一样的。我爸爸始终把他的工作看成是人间庄严的使命，可是铁生叔叔渐渐地，把写作当成了接近神的方式。

爸爸最后一次和铁生叔叔通电话，还是跟我有关，他帮我问，我主编的杂志上可不可以刊发铁生叔叔的旧作，就是那篇我们都喜欢的《我之舞》。他二话不说就答应下来："当然可以用了，不用给什么稿费——小孩子真的长大了啊……"可是，就在我们为了这本杂志创刊准备开发布会的时候，铁生叔叔走了。我躺在上海的酒店里，黎明时分，手机里涌入了无数人的信息，我觉得，此时最该跟我分享这个消息的人还是爸爸。

我说：爸爸，铁生叔叔走了。

他回复：离他六十岁生日就差了一天。这么巧就差一天。他应该挺高兴的。

我的合作伙伴在外面敲我的房门，她想问我该给那篇《我之舞》怎么算稿费。我心里却一直想着一个遥远的画面。

小学四年级的时候，我把一个庙会上买的塑料小戒指丢在了他们家。第二年的夏天，铁生叔叔从容地把它从抽屉的某个角落拿出来，问我，这是你的吧？我一直记得这件事，他替那个孩子保存着她自己早已遗忘的玩具。🅣

# 电影比生活更简单

张宗子 / TEXT

图片来自网络

《星球大战 4：新希望》

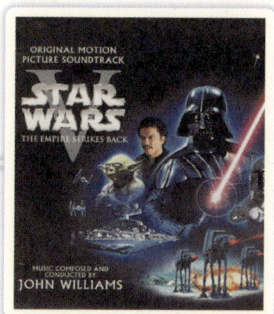

《星球大战 5：帝国反击战》

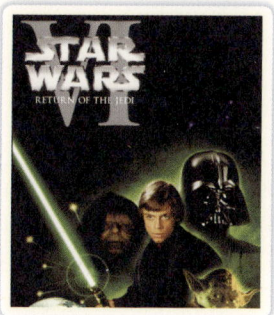

《星球大战 6：绝地归来》

## 张宗子

旅美作家，译者。

长期居住纽约，在中文媒体从事翻译、编辑和撰稿工作多年。业余写作，以散文、随笔、书评及影评为主。作品兼具中国传统文化之美与西方现代派文学、诗歌的精髓。

已出版作品：《梦境烟尘：张宗子自选集》《书时光》《一池疏影落寒花》《空杯》《开花般的瞻望》《垂钓于时间之河：海外流散文学》《不存在的贝克特》《往书记》《花屿小记》《梵高的咖啡馆》《殡葬人手记：一个阴森行业的生活研究》（译）。

　　小时候看电影的记忆确实是淡漠了，翻来覆去的几部片子，不知道看了多少遍，以至于同学之间斗嘴，看谁牛，那标准就是背诵电影里的台词。反派人物痞里吧唧的怪话最受欢迎，而英雄们义正词严的指斥，常被拿来骂人，骂对方是汉奸、特务、狗腿子。比起上课天天念我爱北京天安门，再烂的电影也趣味无穷。暑假去乡下，为了一场电影，可以走十几里小路到邻近镇上，夜深再走回来。盛夏月光下的的山坡、竹林、村落、坟地、野塘、各种夜鸟和虫子的声音，构成了电影神秘的底色，直到今天都没有消褪。银幕上大大的"完"字出现，沙沙啦啦的闪烁着，晃动着，然后混浊的灯光当头浇下，那一刻，令人感到无限的惋惜，就像结束假期告别做客的亲友家一样，意味着又将回到毫无新意的上学生活中去。在不懂得幻灭为何物的年纪，我实实在在产生的，就是一种幻灭感。因此，对于距离现实愈远的电影，愈是兴趣浓厚：古装、科幻、神话、寓言，不一而足。它们给我另一种生活的启示和希望。

　　大学期间，看过很多西方电影，但冲击没有以

THE END

| 1 | 2 | 3 | 4 | 5 | 6 | 7 |

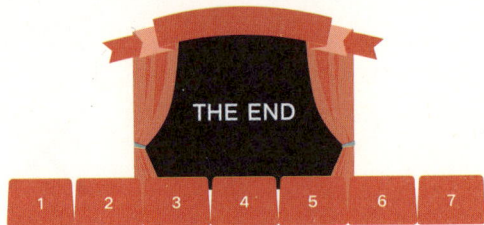

为的那么强烈，原因是在那同时和之前，读了很多西方文学，尤其是小说。1983年，毕业到北京工作，借着在新闻单位工作之便，遇到美国电影展、法国电影周之类的活动，总能弄到几张票，去看那些刚引进的非常紧俏的新片。最震撼的是卢卡斯的《星球大战》，它完全超出了过去的观影经验。这震撼，只有在大学第一次读到西方现代派诗歌，第一次听到西方古典音乐，以及高中未毕业时第一次看中国古装戏曲片可以相比。

更巧的是，不久之后，电视台就请来卢卡斯，给编导人员讲电影中的特技制作。大银幕上不断播放时新的特技镜头，看得人眼花缭乱，我印象最深的是一群游击战士驾驭着龙一样巨大的沙漠怪虫，风驰电掣，攻向敌人的都城。到了美国，读到弗兰克·赫伯特的科幻小说《沙丘》，顺藤摸瓜，找到据以改编的电影，才知道镜头原来出自这里。

20世纪80年代末期，国内大概还没有成为看碟的天堂，来到纽约使我如入宝山。那时我在学校读英美文学，课余做工，每天二十四小时排得满满的，但我总能挤出几个小时，看电影录像带。电影院很少去，除了贵，更主要的原因是，我对新电影兴趣不大，喜欢30年代末到50年代的老电影，多半是黑白片。我在租赁店开了户头，每周借三四部片子。一盒带子的租金是两块钱，周末借两盒，第三盒免费。此外，公共电视台经常播放经典片，也是一个良好的资源。但它有固定播出时间，经常会错过。后来想出办法，按照预告，定时收录。借回的带子，看不完的，或看过特别喜欢的，也复制下来存着，像藏书一样。

乔治·卢卡斯
《星球大战》系列导演、制片人

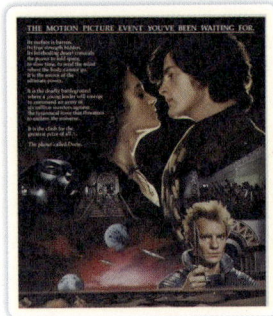

《沙丘》
于1984年上映的美国科幻片

大卫·格里菲斯

《绿海豚街》1

《绿海豚街》2

《绿海豚街》3

我买了一本厚厚的美国电影史，从格里菲斯开始，一章一章地读，电影一部一部地看，看到60年代中后期，越战发生，世风丕变，人物由衣冠楚楚的绅士淑女变为蛤蟆镜牛仔裤的反叛青年，终于失去了胃口，从此停步，不肯再往前走了。

以40年代为中心的好莱坞电影，在我心中，代表了一种优雅的生活，从服饰到人物的言谈举止，从社会风貌到生活的节奏，悲欢离合在这样的背景中，被染上一层朦胧的色彩，像是寓言或童话。我一直记得一部大概没什么名气的古装片《绿海豚街》，讲两姐妹的爱情故事，其中一位的扮演者是拉娜·特纳。午夜已过，坐在地毯上看公共台的播出，黑暗中，屏幕上的光影不断照亮小小的房间，照出那些凌乱的书和堆砌的衣物，没喝完的啤酒和墙上粘贴的陶渊明饮酒诗线装书影的复印件，我觉得自己应该是一个生活在更早时代的人，那更早的时代里，有喜爱的一切，普遍的对精致艺术的爱好，对书的敬重，而且走在街上，没有那么多粗鲁蛮横俗不可耐的人物。

其实这完全是一种自我陶醉，历史上这样的时代从来不曾有过，将来也不会有。即使在电影里，邪恶也处处存在，除非金·凯瑞和弗雷德·艾斯泰尔有限的那几部健康明朗的歌舞喜剧。但我们在相信这一切时，是刻意把理性抛在一边的。90年代，那是青春最后的一段尾巴，为了这个理由，人容许自己继续做梦。虽然无视现实的天真不免为人哂笑，但它至少带来过真实的快乐，而且由于这陶醉，我们有理由对生活中的很多事表示轻蔑，并断然拒绝。🅣

第　页共　页

九盏灯（组诗）

北京　猪子

1. 少年儿子怀孕

呕吐好儿子　低音的鼓
伏在梅木裸处

而离你肉体更近
也就胀破了大地

一片草烬
青草破了
他破在一个怀孕的花上

2. 月亮

海底下的大火，经过山谷中的月亮
经过十岁以外的少女
风吹过月窗
少女在木棠上
每日一次，发现鲜血

（电开21）20×20=400

# 我们时代的诗歌江湖

张闳 / TEXT

图片来自网络

## 张闳

作家，文化批评家。

主要从事文化批评写作和文化符号学研究。其独立的批判立场、锐利的思想锋芒和奇警的话语风格，使其成为新生代批评家代表人物之一。

已出版作品：《内部的风景》《声音的诗学》《欲望号街车》《感官王国》《钟摆或卡夫卡》《黑暗中的声音》《文化街垒》《乌托邦文学狂欢》《言辞喧嚣的时刻》《符号车间》。

编著：《21世纪中国文化地图》。

德国思想家阿多诺的名言："奥斯维辛之后，写诗是野蛮的。"这一说法把诗的政治性推向了极端。诗与现实之间存在一种隔膜，当现实变得残酷时，诗意的美妙和言辞的优雅非但不能对抗现实，反而因成为残酷现实的粉饰，而被阿多诺视作"野蛮"的同谋。从现实的立场出发，阿多诺发现了诗歌的无用性。然而问题在于，在中国，"文革"后期不但有诗歌，而且，写诗的人还越来越多。这一时期的诗歌基本上以"手抄本"形式存在。更为重要的是，这一时期的诗歌显示出强大的政治批判性和道德勇气，而且在很大程度上成为终结"文革"的激越前奏。这一阶段的诗歌形态，印证了中国传统诗学的"兴观群怨"的多功能特性。从这一诗学观念出发，可见阿多诺的诗学的褊狭，或者可以说，他所说的"诗"是一种有限定的特指。但阿多诺诗学以其片面的深刻，揭示了诗歌在现代社会中的尴尬处境。

的确，诗在与暴虐现实对抗过程中，习得了某种程度上的"野蛮"特质，北岛的激昂、多多的尖刻、杨炼的喧嚣，都是这种"野蛮性"的见证。即便是舒婷

卑鄙是卑鄙者的通行证，
高尚是高尚者的墓志铭，
看吧，在那镀金的天空中，
飘满了死者弯曲的倒影。

冰川纪过去了，
为什么到处都是冰凌？
好望角发现了，
为什么死海里千帆相竞？

我来到这个世界上，
只带着纸、绳索和身影。

式的甜腻和轻柔，也或多或少可以反衬出一个时代的冷漠和残酷。这种"野蛮性"却是必要的。诗歌以自身的野蛮，对抗野蛮的政治。

与诗歌的这种荒诞处境相适应的是诗人们的生存状况。自"文革"后期起，诗人就是一个特殊的人群，他们仿佛某种秘密教团的教徒一样，依靠信念结成众多的小团体，他们彼此之间通过一些鲜为人知的管道，传播着诗的福音。这一传统一直延续到整个20世纪80年代。80年代是中国当代诗歌的青春岁月。整个80年代是诗歌的"江湖时代"。诗人们似乎拥有了标新立异、特立独行的特权，至少他们自认为是这样。诗歌之

于青年学生，就好比《国际歌》之于无产阶级。一个有诗才的青年，不管他来到哪个校园，不管命运把他抛到哪里，不管他怎样感到自己是异邦人，言语不通，举目无亲，远离故土——他都可以凭一摞子诗稿和发昏的谵语，给自己找到同志和朋友。无论写作风格如何，也不管派别怎样，只要呈上自己的诗作，报上某个诗人的大名，以及一个还不错的酒量，就可以在任何一个诗歌团体中混吃混喝，直至集体断粮。

诗人们放浪形骸，好像浪迹江湖的游方僧。崔健的《假行僧》多少唱出了这个时代的诗人和歌手的生存状态和精神面貌。这些介乎骗子与天才之间、形

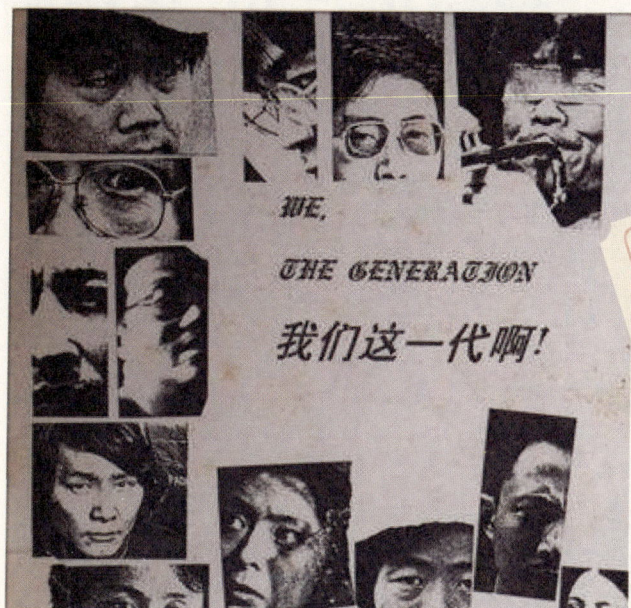

迹可疑的人，他们表情痛苦，这些痛苦半真半假，或者弄假成真，但很少是为了物质和日常生活。庸俗的事物在诗歌的王国里没有任何地位，即使偶尔声称"做物质的短暂情人""关心粮食和蔬菜"，那也不过是一种故作姿态。在公有制条件下，在一个匮乏的时代，实际上并没有多少物质需要关心，所谓"诗人何为？"一类的疑问，实在是一个自寻烦恼的难题。

这一阶段诗歌的重要传播渠道，是他们自己创办的油印刊物，即所谓"民刊"。这一阶段可称作当代诗歌的"民刊时代"。用七拼八凑的纸张和劣质油墨印出来的诗刊，却承载着这个时代很多的精神内容和语言奇观。

他们有时也互相争吵，甚至斗殴，大多是因为诗歌和女人。而在酒过三巡之后，一切又恢复原样。诗歌、醇酒、美人，听上去一切都像是在传说当中，这些也是构成80年代"文化神话"的要素。这个时代的诗歌把严肃和玩笑、圣徒式的虔敬和浪子式的放纵、锋芒毕露的现实批判和嬉笑怒骂的言辞嬉戏……通通混杂在一起，形成了与其时代的文化氛围相呼应的奇异景观。风格和派系不同的团体之间的相互攻讦，是90年代中后期的风气。为一些微小的名利，钩心斗角，把诗歌圈变成了名利场。这一切，预示了一个追名逐利、唯利是图的时代的到来。■

1994年红磡演唱会上的何勇，很可爱。

**幽草**

上海最世文化发展有限公司签约作者。
已出版作品：《狼少年》。
其他代表作：《文艺风象》
连载《蜜糖革命》。
想成为吉他手的梦，一直没能实现，最后只好写吉他手的故事。

摇滚
‖
# 摇滚乐与 90 年代幻觉

幽草 / TEXT
图片来自网络

在媒体上，关于摇滚乐有两种常见的论调：一种是说摇滚意味着年轻、自由和叛逆；另一种说法是摇滚乐在中国的黄金时期是20世纪八九十年代，现在的摇滚已经死了、变质了、不真诚。这两种说法都使我觉得难堪。前一种论调让摇滚乐受众觉得尴尬。后一种论调则让人听了恶心，你要是去问那些人，八九十年代中国的摇滚乐有什么？他们会说崔健、唐朝乐队和魔岩三杰，他们也不知道别人。

于是这里一个悖论出现了。摇滚乐注定了是小众的代名词，可是在90年代，它一度是大众的、是主流文化、是当时的人唯一能选择的另类文化。1986年，崔健在工人体育馆唱了一首《一无所有》激励了一代青少年。他成名了，《一无所有》的磁带在中国卖了足足一亿张，这个数字有多惊人——要知道迈克尔·杰克逊的唱片也才在世界范围内卖了七千万张。1994年，魔岩三杰远征香港，整个香港文化界为之颤抖。一时间，"摇滚乐"变成了时髦的代名词，人们相信新音乐的春天到了。然而春天并没有来。摇滚热昙花一现，台湾的资本从大陆撤退后，窦唯、张楚和何勇各自渐渐停止了活动。1998年，满大街的音像店开始不约而同地放任贤齐的《心太软》。我们还竖起耳朵听了听摇滚乐还有什么动静，等待它卷土重来。可是没有了，没有然后了。

在《南华早报》2008年12月的版面中，有窦唯接受采访的一篇报道，说魔岩文化可能是个特务机关，那些台湾唱片公司的经纪人是音乐间谍："什么所谓巅峰，什么所谓新音乐的春天，那些都是骗人的。"

我觉得窦唯可能是有被迫害妄想症——不管怎么说，把唱片公司称作特务机关是有点过了。可正如同窦唯所说的，"我不相信一个社会唱几首歌就盛世了"。

摇滚乐在中国实在太沉重了，它承载了太多不该它承载的东西。据说刘索拉去了国外以后，她的外国朋友对她说，在我们这儿摇滚乐就是流行音乐啊，你们为什么把摇滚乐当文化？刘索拉说："别对我要求太高，我他 × 是中国人。"

那我们为什么认为摇滚乐是文化？因为那会儿我们穷啊。生活上的穷还好说，精神上的饥饿才是最难忍的。于是，90年代，文化刚开始解禁，西方的滞销唱片被打了口、作为塑料垃圾运到中国口岸来，我们则像拾荒者一样惊喜地捧着它们回家当成宝贝，以至于一代听着西

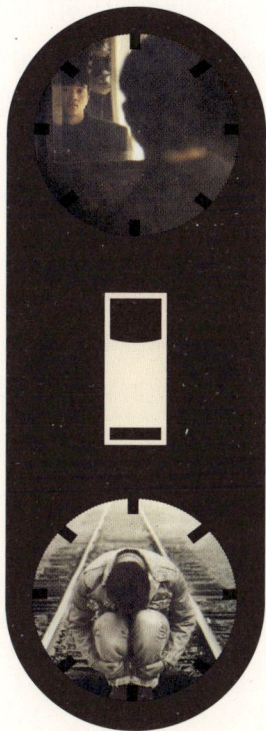

《孤独的人是可耻的》
张楚于1994年发行的第二张个人专辑
也是他最广为人知的一张专辑

《黑梦》
窦唯于1994年发行的第一张个人专辑
这张封面给很多人留下深刻印象

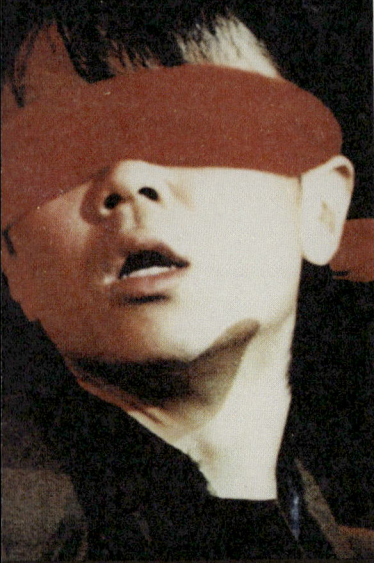

《一无所有》由崔健作词曲并演唱的歌曲，他的代表作之一。

方60年代摇滚长大的年轻人被称为"打口青年"；另一方面，台湾某些制作人看中了中国大陆的市场，他们来中国投资，捧红了几个年轻的摇滚音乐人，当发现这个市场没有想象的那么赚钱时，就把他们抛弃了——这是真的。

同时还有另一种叙事，更加私人的：90年代，你还年轻，正迎来自己躁动生长的青春期，有一天你去音像店转转，在那里听了某盘摇滚的磁带，像被迎面打了一拳。年少的你实在无法抗拒这种从身体深处呼唤你的旋律和节奏，你一下子陷了进去。躁动的旋律和低音在你心中萦绕出致幻剂一样的意象。让你觉得在可视的阳光之下，还有一个世界，黑暗而美丽，还有另一种真实是你可以栖身的。你在耳机里宣泄自己心中的躁动，看着教室前排的三好学生们，你觉得自己和他们不一样。

随后你长大成人。张楚、窦唯、何勇这些名字已经被你忘在脑后了。你可能很久不听音乐了。2000年后的某一天，你听说何勇疯了、张楚很落魄、窦唯已经很久不唱歌了。

这些年你并没有关注过他们，也没有关注2000

年后中国蓬勃兴起的地下摇滚浪潮，唯独此刻你和媒体一起感叹，摇滚死了。有人不服输地对你说，摇滚没死，死的是你。

——这也是真的。

我时常想到这样一种可能：我们的个性，始终包含在时代的共性之中；那些构成了你属于你的青春与私密记忆、对你而言独一无二的东西，不过是我们身处的时代里所共有的印痕。**T**

# ROCK AND ROLL NEVER DIE |

# 深邃美丽的漫画情

自由鸟 / TEXT
部分图片来自网络

由元秀莲创作的韩国漫画《浪漫满屋》

## 自由鸟

上海最世文化发展有限公司签约作者。
曾创作大量漫画作品，长篇漫画《天籁》《狂夜》等深受读者喜爱与追捧，连载期间连续一年多荣登《少年漫画》最受欢迎漫画作者榜榜首。作品被收录于《东南亚漫画家名鉴》中，参与过多次国内漫画研讨宣讲活动，并担任漫画展会评委。连续多年受邀出席在日本、韩国、台湾等国家地区举办的亚洲漫画高峰会议，并荣获1999年亚洲漫画新人奖。

3月末的一天，颜开颜老大在他建的后宫群里发了条消息：郑问大师过世。

这个名为"第二春"的微信群里全是中国最早画新漫画的那批老友，都知道郑大师的厉害，听到这个消息都吓了一跳。上网一搜，2017年3月26日，被日本人称为"亚洲至宝"的漫画巨匠郑问先生，因心肌梗死在台湾过世，享年五十八岁。

身在日本的胡蓉姐说，鸟儿，1999年我们赴台湾参加亚洲漫画高峰会议，还去郑问前辈家拜访过，你记得吗？

# COMIC

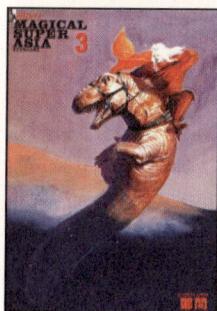

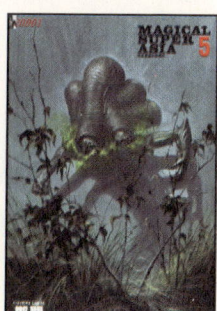

当然记得。带我们去的是郑问弟子练任和漫画家李勉之。我们好几个人挤在一张沙发上叫外卖来吃，差点把沙发都坐翻了。临走时郑大师送了他的《深邃美丽的亚细亚》签名本给我，真的太喜欢。泼墨写意的手法竟然也能画分格漫画？了不起！

虽只此一面之缘，虽时隔久远，但闻听噩耗，心里满是说不出的难过。

回首二十年往事，上海本城的漫画家朋友们自不必说，其他各国各地的漫画人固然见面不多，情谊却热烈真切。

记得1998年在韩国首尔，台湾大然社社长吕墩建带我去找元秀莲姐姐吃饭。那时元姐姐刚结婚就继续画着《浪漫满屋》的连载，后来好多漫画家去元姐姐家聚会，她家精致美丽的庭院草地里，镶嵌着几块圆形大理石，在黄色夜灯照耀下，像一路明月光。走进去，大家喝酒，我醉了。那时我很年轻，他们就像照顾小孩子一样照顾我，让我躺进房间睡觉，热闹喧嚣的韩语透过门缝传进来，不明其意，却十分亲切。

抛开这些大大有名的漫画家，一些不记得名字的漫画朋友也令我一直难忘。那次去韩国交流，来接机的

自由鸟和一众漫画家

一位哥哥是中国留学生，面容清秀，戴着眼镜，他不是漫画家，而是爱好者，志愿为漫画大会服务。他开车送我到会场附近，又热情地领我去吃美味的烤肉大餐。肚子里有了料，我就把飞机上带下来的两个小餐包丢在桌上，不打算带在身边备用抵饥。眼镜哥哥却赶紧拿过去包起来放进自己口袋，说不要浪费。那时我太年轻不太懂事，后来才知道，请吃饭的钱不能报销，眼镜哥哥饿着肚子，请我吃昂贵的烤肉料理，自己则偷偷用餐包充饥。

你大概要说，自由鸟真是个金牛座俗人，好肤浅，记起人家的情来，同漫画本身都没多大关系，却都同吃吃喝喝有关。我也不知道为什么啊，可人情暖暖，不就在这迎来送往、餐饮相处之间？

当然也有不吃饭的记忆。《少年漫画》杂志是我的成名地，是我娘舅家。"少漫"每年组织旗下漫画家开笔会，天南地北的好汉好姑娘会聚一堂，亲若兄弟姐妹，编辑部老师就像家长。有一年在云南昆明，游滇池和西山，漫画家里路痴多，下山时我和嘉瑶迷了会儿路，同大部队失散，傍晚才返回酒店，主编林阳大人却还没回来。兄弟姐妹们说，林大人心焦，找我们去了。那时候都没手机，谁也联系不上谁。入夜，一瘸一拐的林大人回来了，他漫山遍野地找，大路走遍走小路，最后从后山斜坡上攀爬下来，衣服裤子都让荆棘给刮得一条条的，满身都是血痕。他现在是出版社社长，不知道还记得这个故事吗。

这些事情我永远都记得啊。十几二十岁画漫画的时候，漫画家几乎都是穷鬼，编辑部也没什么钱，热爱漫画的人们心无旁骛，只有满腔赤诚。

我记得六十多高龄的王庸声老师，极力争取免费名额，率领年少的我们前往各国各地与漫画大师交流学习。我记得姚非拉告诉我，寒冬腊月天，他患着肺炎，在北京没有

自由鸟和中国新漫画领路人王庸声老师

自由鸟和韩国漫画家黄美娜

暖气的出租屋里，哭着画搞笑漫画。我记得Benjamin在上海画画时，时常穷到连买猫粮的钱都没有，还特别高兴地招待大家在他不足十平方米的小屋里聊人生和梦想……

我们喜欢聚在一起。汤蔚青、嘉瑶、陈岚、陈茜、杨颖红、拉拉、夏俊、蒋健玮、林意菲、蒋宏仪……加上来上海玩的外省市漫画圈朋友，动不动就十几二十号人聚会。我们赶不出稿就互相当助手，拔脚跑去谁家

过夜也是家常便饭。现在聚得少了，有人移民国外，有人去了别的城市奋战，有人功成名就，也有人渐渐失联。可一起画着漫画唱着歌，赤脚走路的朋友们啊，我知道你们和我一样，对那段葱茏岁月永远不会忘怀。

桃花潭水深千尺，不及汪伦送我情。

我去书房找郑问大师的《深邃美丽的亚细亚》，遍寻书架和橱柜也没找到。太久不看漫画了。是多年前被哪个郑大师的狂热粉丝借走后没还给我吗？那时我们穷归穷，但彼此对漫画朋友倒大方。心有遗憾，却也无奈。仰头看高到天花板的书架，满满都是漫画书和各类小说。

不知不觉，竟然这么多年过去了。🆃

# 九龙城寨的牙医馆记忆

George Sun / TEXT
Ian Lambot / PHOTOGRAPHER

George Sun

香港中文大学在读博士，
新锐青年学者，前媒体人。

现实中已然消失的九龙城寨，隔三岔五会在香港的影视剧中"复活"，但在荧幕上跳动、闪烁的光影之间，还留有多少原汁原味的香港记忆呢？

在4月间某日下午的茶餐厅内，坐在我对面的Terence一边用吸管随性地搅动着半杯冻柠，一边懒懒地对我说，九龙城寨的消失，以及后来距离城寨不远的香港启德机场的消失，其实已经把大半个童年的记忆从他脑海中抹去了，如今甚至都懒得回忆。我反问他，怎么可能找不到纪念的方法。他略一迟疑，淡然笑着。

Terence的父辈便来自城寨，这个集中了极端的世俗感和神秘感的所在地。城寨外的人把这里视为贫民窟和藏污纳垢之所，但生活在城寨里边的人知道，城寨并不是只有一个负面标签。只要有人居住的地方，便有生活、有回忆、有个人的历史。

早年间，他家里在城寨北的东头村道开牙医馆，招牌像是一只颀长的手臂从窗户伸向外面凌乱的街道上空，夹杂在众多的跌打正骨招牌、药房招牌和牙医招牌里边，花花绿绿，犹如一片色彩斑斓的马赛克。

根据官方拆除城寨前的统计，城寨一共有八十七家无牌经营的牙医诊所，无牌的医务所有六十三家，而根据实际的观察，在东头村道上最多的时候有一百多家牙医诊所，能与之相比的，恐怕只有数量众多的香港赛马投注站。而在这密密麻麻的牙医馆中，绝大部分的行医者根本就是无牌经营，不用纳税。他们当中不少来自东南亚和中国内地，因为逃难、避灾种种

黄景志牙医

西医陈汉良

孙仰光牙科

缘由，流离到香港的九龙城寨暂居下来。没想到，这一"暂居"，竟是多年。

　　尽管经营同业的竞争对手众多，但是当年看牙的客源依然不绝，并没有出现经营上的太大困难。这主要是因为城寨牙医的价格便宜，引来不少城寨外面的人也来此补牙、镶牙。20世纪七八十年代，整个九龙只有两间政府挂牌的牙科诊所，一周只有两天看诊，人满为患。于是，牙病患者为了节约时间和经济成本，选择来到城寨，让一群外地赤脚医生用工具在自己的嘴巴里修修补补。

　　Terence 对我说，他父亲曾在家族开的医馆内打杂。虽说是"医馆"，其实根本就是与居住的屋子连在一起的破旧房舍。环境也是污糟邋遢，楼顶经常漏水，地板上跑蟑螂、老鼠。牙医馆与相邻的楼宇距离过于逼仄，根本开不了窗，闷热难耐。孩童时，他曾见过，伴随着一把巨大电风扇的马达声，长辈在牙医馆里挥汗工作的情景。而在医馆外面，飘散着临街大排档里食物

# 九龙城寨

的热气。补好了牙的人们，是否会立即到临街食肆啖一口公仔面，检验治疗效果呢？

说到这里，茶水已饮完，窗外的旺角街头正被雨水浸染。我望向民居脏乱而无序的后街，在雨水浇淋之下，有一种隔世之感。

或许这和当年同样杂乱的城寨有几分神似。但Terence却摆摆手说，两者还是相差太远，这不仅仅是生活条件的区别。当年，如此多的人挤在城寨的窄楼里，人和人之间的关系更加密切。在城寨开馆行医或者做其他生意，并无职业牌照保障，因此只能依靠街坊邻里的相互信任，如果有谁做了不守信用或者坑蒙拐骗的勾当，很快就会传遍四邻。这反而会令大多数人保持诚信的美德。虽然城寨狭窄的楼道"暗无天日"，但人们的内心其实敞亮……

一群暂居城寨的外来者，在法律与社会边缘，尽力做着自己分内的事情。这种简单而艰苦的生活，就像是旧衣物上的补丁，给人带来最朴实的安慰，直到1987年香港宣布拆除城寨，这块补丁连同整件旧衣服，仿佛被一夜之间丢进垃圾堆，再也找不着了。**T**

关于夏

宇华 / TEXT & PHOTOGRAPHER

**宇华**

十九岁只身前往英国留学，从理科生半路出家转攻艺术。
高中时开始执笔写文，出国后机缘巧合下开始接触摄影。
现为平面设计师、摄影人、专栏作者。
走走停停，现居英国伦敦。

几乎所有夏天的特征都相差无几，天亮得特别早，朝霞稀少，白天渐渐变长，天黑的时间由五点到六点，再到七点过半。

早上总会被因忘记拉上窗帘而穿射进来的阳光照醒，桌子上摆着红得刺眼的西瓜瓣，风扇无休止地嗡嗡响，无论城市还是乡村都有干瘪的蝉。穿堂而过的半热的风灌进少年们的胸膛。

他说，我拉着时间，它却不理会。

一声平，二声扬，三声拐弯，四声降。

总觉得夏天是存在感最强烈的一个季节，无时无刻不在蒸发的汗确凿地认证了这一点。我们都用各种声调去抱怨过热夏这来势汹汹的傲慢，却在春秋冬时对其无比地缅怀。

日光渐散，晚霞将整座树林浸染成迷人的金色，看尘埃荡涤。

打着伞深一步浅一步地往深山走去，四下除了我们没有别的路人，偶尔一两辆汽车打着灯溅起雨水呼啸而过。

天色渐晚，山涧在傍晚时分悄悄起了雾，群山都隐匿在迷蒙的雨雾间，只露出青色的一座座绵延山头，被洗涤过的枝叶尤其明净。厚重的云层随着拂风的方向游走，植被也轻轻倒向同一方向，天色一度度地灰暗下去，像慢动作放映的灭灯，在回头之前就啪嗒一声把你周遭变黑。

世界如同被拔掉电源一般，四下静谧，除了耳旁籁籁的风声。

　　高一脚低一脚地走到湖畔，凭着石栏眺去，远处的森林被雨丝渲成浓稠的绿，湖面也映出明朗的清爽。

　　公路旅行的半途住的是一家山涧中的客栈，我们搭上干的木柴生起了篝火。大不列颠的夏夜并不会这么轻易妥协暗下去，尽管几乎是凌晨时分，天空怎么也得留下一抹深深的黛蓝色。我们喝着啤酒天南地北地侃。

　　或许好多年过去之后，还能模糊记得某个夏天，山涧湖面上熠熠映着的火光。

房东的猫在唱。
热夏，你归来，听蝉。
再游于，北方，知寒。

逝去的是过去对未来的想象

李茜 / TEXT
Lanski / ILLUSTRATION

老街即将拆迁的某个午后，我想起了
一些过去对未来的想象，以及凋零在尘土
与砖瓦间的记忆。

我想起那些迎着朝阳走过的道路，小
巷里被晨光涂染的金色角落，早早打开门
面的早点店，排着三三两两的顾客，荠菜
鲜肉包，或者香菇青菜包，一袋豆浆，拎
着边走边吃的日子，热气腾腾，正如对日
常生活怀抱的微笑而确定的希望。

我想起那些被晒在窗台上的五彩缤纷
的衣服和裤子，用一根根长竹竿架在半空
中，迎接阳光，随风轻摆，仿佛彩旗，仿
佛某种温柔的无声的烟火气的迎接。我时
常抬起头注视这映衬在天空下的碎片，它
们各自携带着什么样的生活。

**李茜**

上海最世文化发展有限公司签约作者。
已出版作品：《短长》《没有故乡的我，和我们》。
写小说和写剧本的好奇心旺盛分子。

我们的生活是不是如水果摊上的水果，每一个都曾经鲜艳欲滴，每一个都甜蜜可口，我们朝气蓬勃，又吵吵闹闹，等待着名为"缘分"的买主，然后很多年过去，我们才明白，它的真名，叫"命运"。

正如曾经的"缘分"令你我相遇，正如分离后我终于发现，那是"命运"。我们在那间陈旧的书店完成了开始与结束的轮回，一个圆圈，一切回到原点，一切还如当初一样吗？

不一样了，一切都不一样了。尽管我仍然记得在你家楼下等待你时所看过的景象，那幢灰白色的建筑，那琳琅满目的丑陋的防盗窗，那些在门前踢球的小孩子，他们现在长大了，还会在那里踢球吗？

每一个和你走过的街角，如今只剩下割裂天空的电线继续编织杂乱无序的网，我的心情早已走上正轨，蠢蠢欲动的只是记忆，这记忆在这老旧的街道上生了根，直到某一个时间，老街会被拆除，这记忆将变成漂流的水草。

一切都会过去，一切都迟早消逝，所有的街道都会从无到有，再从有到无，一切的记忆都会从崭新到片段，从碎片到斑驳，没有什么永垂不朽。只是我不知道，某一种过去对未来的想象，会在何时被埋葬。

你 看 起 来
好 像 很
奇 怪 ……

扫码关注 @最小说

## 陶立夏
### TAO LI XIA

买了好几把学校里小孩用的椅子,
快递很疑惑。

## 吴忠全
### WU ZHONG QUAN

最近去泰国拜了四面佛,同时还请了八个舞
娘,舞娘的作用就是在我身后念我的名字,
帮我把愿望传递给四面佛,有时候人生想要
走点捷径……许愿的举动如此之隆重让周围
的游客都纷纷侧目、驻足观赏,俨然成为一
处景点……

## 幽草
### YOU CAO

看了《小林家的龙女仆》后兴致勃
勃找了一条龙尾巴送给男朋友,他
很困惑,家里的猫们也很困惑。

## 疏星
SHU XING

买了多种香料，还用标签打印机，将香料上打上中英文名，码成好多排，开始熬制咖喱的过程……因为身上混合着多种香料，坐在地铁里都能感到莫名凝视的目光……

## 胡小西
HU XIAO XI

图片来自网络

在家里布置了一套手机录歌设备，我也不知为何就走到了这个地步……是未完成的年少梦想，还是来自现实生活的重重压力？当我在朋友圈分享录歌佳作时，看到"你是有多爱唱歌"这种带着嘉奖（屁嘞……）和困惑的评论时，眼泪终于止不住地……

## 冯天
FENG TIAN

从下单到收货，足足等了两个月才等到的价格不菲的魔眼手机壳。用上后，我妈问我："你活得不耐烦了？是想招鬼吗？"

## 梁霄
LIANG XIAO

去国家大剧院看话剧，包里带着午饭吃剩的馒头，过安检的时候保安看着我很疑惑。

李田
LI TIAN

吃完饭回家路上，路过一家女装店，我毫不犹豫地推门进去，然后我女朋友看着这张牌子，愣在了原地。

痕痕
HEN HEN

带 200mm 的镜头去公园拍鸟，因为镜头的焦段不够长，所以与其说我在拍鸟，不如说是"鸟飞近了看看我在做什么"。

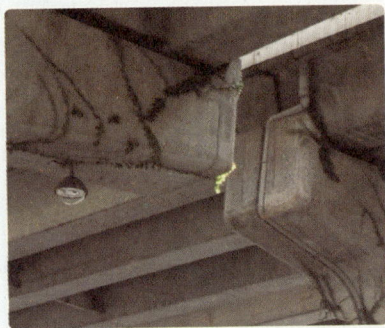

迟卉
CHI HUI

站在高架桥下拍摄被阳光照亮的藤蔓，路人走过困惑不已：大水泥桥墩子有什么好拍的？

陈奕潞
CHEN YI LU

在加德满都边上，我们看见一个山坡上有小孩子踢足球，过去拍他们。我们问可以拍照吗？他们就连球都不踢了，一面有点害羞一面让我们拍照。旁边的大人都很疑惑……

## 曹小优
CAO XIAO YOU

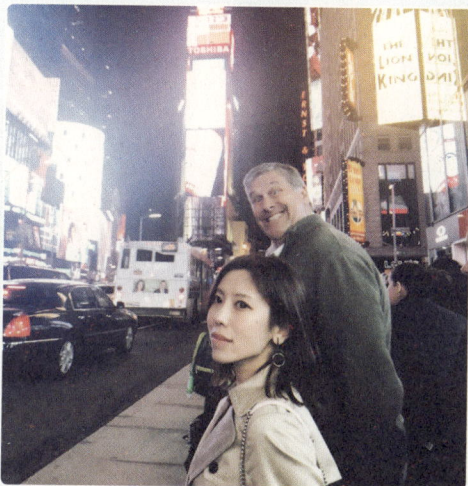

摆拍了太久，路人很疑惑，忍不住自己上镜。

## 王玄之
WANG XUAN ZHI

把朋友打扮成兔子先生去看詹姆斯·特瑞尔艺术展。观众们不拍展品，反而开始拍我们。

## 卢丽莉
LU LI LI

我家对象生日，我买了一个蛋糕给他，蛋糕盒是半透明的，收到的时候，闪送员往我家客厅张望半天，给我投来了疑惑的眼神。（我家并没有养狗……）

## 饼干
BING GAN

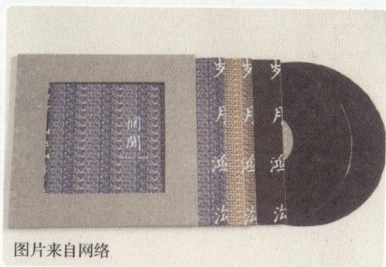

图片来自网络

作为一个热爱后摇的小众音乐迷，在KTV唱歌常常点不到想要的曲子，要是运气好点到了呢，就会听到旁人的种种疑问"前奏好长啊""怎么没人唱？""什么玩意儿这是？"……有一次推荐惘闻的《黄泉水》给朋友，朋友又说装帧是很棒，但这是她听过最难听的歌……

# 未眠者的晚安诗

入睡前的点滴时分，是世间烟火安然的一刻，是平凡人一日中最后的清醒，或许也是点燃斑斓梦境的寥寥星火。

在下一辑《最小说》中，你会读到"深夜里才会发生"的独特故事、天马行空的童话或幻想、脑洞大开的科学灵光，以及讲述真挚情谊与茫茫人生的爱与黑暗的故事……

都市、青春、科幻、悬疑……种种元素皆在其中，更有绘本、图文等精彩内容。

让我们以故事，和你道一声"晚安"。

**琉玄**

早睡，就可以早些见到我！带着点心和咖啡在路上啦！！

晚安

**王小立**

梦中有光，哪骨梦外业火滔天。

晚安

**冯天**

"从今往后，他的路由他自己走，由他自己走。"

晚安

## 曹小优

去睡。梦里有天堂。
nite nite

*[签名]*
曹小优

## 陈晨

想对你说晚安
或许只是想你吧。

*[签名]*

## 消失宾妮

躲在黑暗中，
床才会成为荒原，
忧伤才不会开始蔓延。

晚安。

消失宾妮

## 李田

希望 今晚 睡眠质量
好一些，自然醒可以
不用再熬几年。

晚安！ 李田

## 安东尼

有的时候 我觉得有晚上真好
因为 道早安 以后 很快就要分开
但说 晚安之后 你就一直在我身边

嗯，晚安

— Anthony.

# 在成为平凡的大人前
ZAI CHENGWEI PINGFAN DE DAREN QIAN

## 本期作者

### 郭敬明 [主编]
作家，导演，编剧。上海最世文化发展有限公司董事长，"80后"作家群代表人物。
代表作品：《幻城》《夏至未至》《悲伤逆流成河》《小时代》系列、《爵迹：雾雪零尘》《爵迹：永生之海》。
导演作品：《小时代1》《小时代2：青木时代》《小时代3：刺金时代》《小时代4：灵魂尽头》《爵迹》。

### 落落
上海最世文化发展有限公司签约作者。
《文艺风象》杂志执行主编。
电影《剩者为王》导演。
已出版作品：《年华是无效信》《那些生命中温暖而美好的事情》《尘埃星球》《须臾》《不朽》《千秋》《万象》《剩者为王I》《剩者为王II》。
目前为止，人生最喜悦的事，排在第一位的还是"写完了很喜欢的一个故事"。

### 自由鸟
上海最世文化发展有限公司签约作者。
已出版作品：《魅惑•法埃东》《光月道重生美丽》《羽翼•深蓝》《遗迹•凝红》《小祖宗1.0魔术师》《小祖宗2.0命运之轮》《小祖宗3.0世界》《骑誓•丛林骑士的亡者征途》《天众龙众•阿修罗》《天众龙众•夜叉》《青春蚁后》。
不断自我毁灭和自我重建的AB血型，期待生命历程中的每一个全新起点。

### 萧凯茵
上海最世文化发展有限公司签约作者。
已出版作品：《迷津》《看不见的打字机》。
去博物馆和写作，是让我难得喜欢与自我独处的时刻，是一种既与世界保持联系，又不被打扰的好时光。

### 吴明益
作家，学者。现任台湾东华大学华文文学系教授。
著有散文集《迷蝶志》《蝶道》《家离水边那么近》《浮光》，短篇小说集《天桥上的魔术师》，长篇小说《睡眠的航线》《复眼人》《单车失窃记》等。作品曾获法国岛屿文学奖、*Time Out Beijing* "百年来最佳中文小说"、第三届联合报文学大奖等。

### 余慧迪
上海最世文化发展有限公司签约作者。
已出版作品：《北城以北》《万能胶片》。
电影人。文字游戏爱好者。自我介绍恐惧症。

### 幽草
上海最世文化发展有限公司签约作者。
已出版作品：《狼少年》。
动漫迷，音乐迷，看的是十年前的动画，听的是三十年前的音乐。

### 王一
上海最世文化发展有限公司签约作者。
已发表作品：《在秋日午后起飞》《夏天尽头的少年》《你来看她的演唱会》《我和我最好的朋友》。
咸鱼表情包前忠实用户，《阴阳师》成瘾已戒断，俏皮型感叹号使用专家，最近希望诱导突变的克隆不要再一个都不长了。

### 项斯微
在上海生活的成都人。
青年作家，上海作协成员。
已出版《男友告急》《浪掷少女》等小说。
前娱乐记者，现在就吃吃喝喝搞搞文学，写写个人公众号：在别处文艺志（in-elsewhere）。

# 2017年《最小说》
# 主题书系征稿现已开启！

你是否梦想用文字来抒发情感、用绘画来描摹世界、用摄影来表达个人观点？《最小说》主题书系将让更多的人得以发现并认可你的心意与作品。

## 【我们需要什么】

### [文字类]

青春校园√科幻√悬疑√推理√其他非常规题材√

篇幅在3000~6000字之间，如稿件特别优秀，可以酌情考虑延长篇幅。

只要你的故事足够精彩，只要你的文字足够动人，我们绝不错过。

投稿邮箱：
wen1@zuibook.com
wen2@zuibook.com
wen3@zuibook.com

### [图片类]

插画/摄影/设计师合作，请发送个人作品及简历至邮箱：art@zuibook.com

## 【你需要注意的是】

*投稿内容无暴力色情描写，无政治、宗教倾向。

*文字和图片类投稿作者不得一稿多投，两个月内没有收到答复可以另行处理。

*投稿时请留下自己的真实姓名、笔名、联系方式，以便我们与您取得联系。

[ Zestful Unique Ideal ]
全新旅程，期待你的加入。

---

欢迎关注《最小说》微信公众号，在这里将为你送上由编辑精心策划、作者倾情参与、读者趣味互动的特别主题活动。优质故事、作者动态、活动资讯、福利放送逐一奉上，更有新书推荐、编辑部故事、ZUI树洞等精彩小栏目呈现。ZUI动人、ZUI新鲜、ZUI趣味，一切尽在《最小说》官方微信公众号。对啦，最新的"投稿秘籍"也即将上线哦~
这场关于文字的约会，让我们进行到底。

扫码关注@最小说

图书在版编目（CIP）数据

在成为平凡的大人前 / 郭敬明主编. — 长沙：湖南文艺出版社，2017.8
ISBN 978-7-5404-8151-3

Ⅰ.①在… Ⅱ.①郭… Ⅲ.①短篇小说—小说集—中国—当代 Ⅳ.① I247.7

中国版本图书馆 CIP 数据核字（2017）第 131216 号

上架建议：青春 / 畅销

ZAI CHENGWEI PINGFAN DE DAREN QIAN

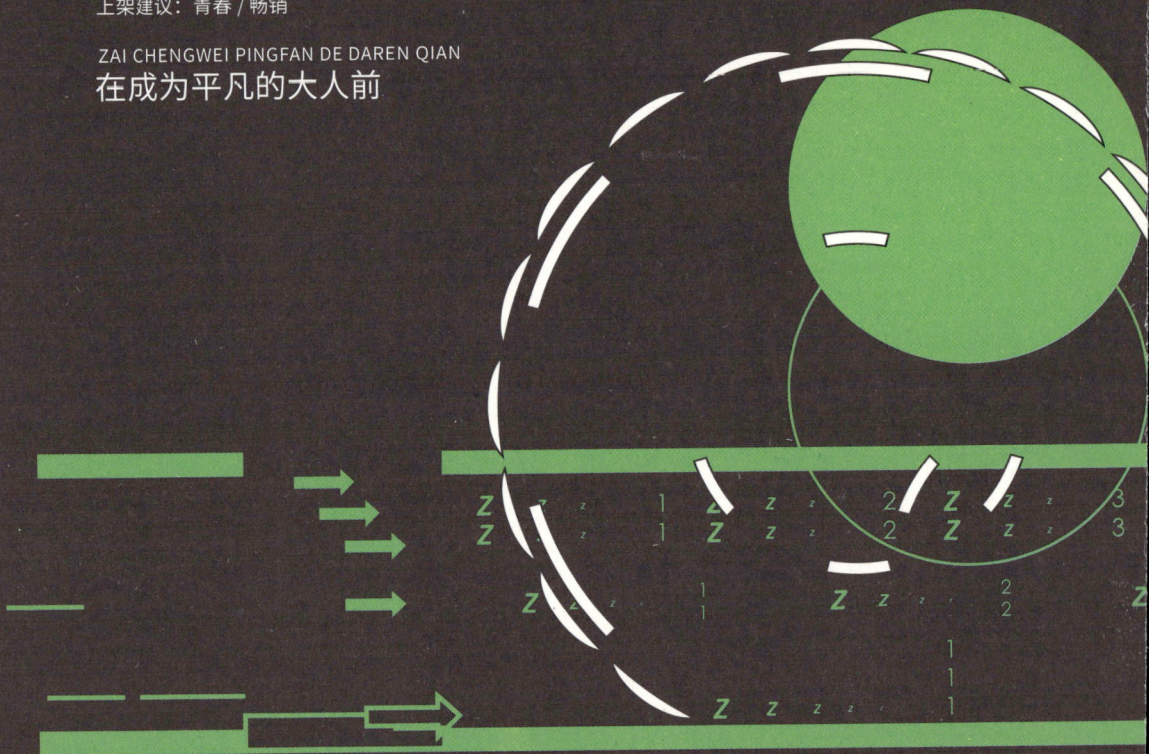

# 在成为平凡的大人前

主编：郭敬明
出版人：曾赛丰　　　　　　出品人：郭敬明
文字总监：痕痕　　　　　　责任编辑：薛健　刘诗哲　　　　监制：毛闽峰　赵萌　李娜
特约策划：卡卡　董鑫　　　特约编辑：罗航菲　张明慧　　　营销编辑：杨帆　周怡文
装帧设计：ZUI Factor (zui@zuifactor.com)

出版发行：湖南文艺出版社（长沙市雨花区东二环一段508号　邮编：410014）
网址：www.hnwy.net　　　印刷：北京中科印刷有限公司　经销：新华书店

开本：787mm×1092mm 1/16　　字数：178千字　　印张：15
版次：2017 年 8 月第 1 版　　印次：2017 年 8 月第 1 次印刷
书号：ISBN 978-7-5404-8151-3　　定价：34.80 元

质量监督电话：010-59096394
团购电话：010-59320018